단 역 배 우
김 순 효 씨

KB194948

단역배우
김순효 씨

이수정 장편소설

다산
책방

제 삶의 고인 돌이 되어 주신 어머니께 바칩니다.
그리고 나의 아버지...

차례

단역배우 김순효 씨
008

어디

오랜만의 전화에서 엄마는 어디 좀 가자고 했다.

지방이라 기차를 타고 가야 한다고 했다.

이틀 정도 걸릴 참인데 혹시 일에 지장은 없겠느냐는 말을 엄마는 이미 기차표를 끊었다고 한 뒤에 했다. 나는 괜찮다고는 했지만, 어딜 가냐고는 묻지 않았다. 막 잠에서 깬 참이라 저절로 나온 하품 끝에, 가는 데 시간이 얼마나 걸리냐고는 물었다.

– 한 시간 반.

엄마는 지하철 안이라며 못다 한 말은 나중에 문자로 나누자 하고는 전화를 끊었다. 입때껏 엄마가 내게 어딜 가자고 나선 적은 없었다. 더구나 자고 오는 일정으로, 하루도 아니고 이틀이나…. 지난봄, 엄마와 온천에 가서 하룻밤 묵었다 온 적은 있지만, 당연히 언니와 함께였다. 그때 먼저 가자고 한 사람은 언니였고 언니 성화에 난 어쩔 수 없이 묻어갔다. 욕실에 발을 들여놓다 말고 돌아 나와 책상으로 가 휴대폰을 집어 들었다. 무슨 일인지 물으려 언니에게 문자를 쓰다가 이내 지웠다. 언니가 동행이라면 언니 쪽에서 진즉에 연락이 오고도 남을 일이었다. 셋이서 같이 어딜 가는데, 더구나 자고 온다는데 엄마가 언니에 앞서 연락해 올 리는 없었다.

– 나하고 어디 좀 가자.

가는 곳을 애초에 말할 작정이었다면 엄마는 '어디'라고 하는 대신, 가는 곳을 말했을 터였다. 내가 미국에서 돌아온 뒤로 엄마는 전화도 거의 하지 않았다. 전화든 문자든 내가 먼저 하는 편이었다. 날 대하는 엄마 마음이 편치 않을 만했다. 한국에 와서 전화했을 때, 말소리가 유난히 가깝게 들린다며 엄마는 내가 있는 곳이 어딘지, 그것부터 물었다. 뉴저지가 아니라 서울이라고 하자 엄마는 대뜸 인철을 찾았다. 조 서방과 같이 왔냐고…. 인철과 떨어져 지내기로 했다는 말이 끝나기 무섭게 엄마는 전화를 끊고 오피스텔로 달려왔다. 스크린골프장에 있다가 엄마에게 붙들려 온 언니는 문을 열자 나를 쥐어박는 시늉부터 했다. 집들이에 온 손님처럼 오피스텔을 구석구석 둘러보는 언니와 달리, 엄마는 침대 끝에 위태롭게 앉아 숨을 몰아쉬었다. 물을 따라 와 내미니 컵을 받으면서 엄마가 눈으로 나를 찌를 듯이 노려보았다. 언니가 옷걸이에 걸린 스카프를 집어 목에 두르더니 전신 거울 앞에 서서 엄마를 거울로 보며 말했다.

— 뭘 그래. 엄마는 이혼까지 했으면서.

엄마가 물이 튕겨 나올 정도로 컵을 협탁에 거칠게 내려놓는 바람에 기겁한 언니가 스카프를 손에서 놓쳤다.

— 내맨쿠로 칠십 넘어서 해라. 그라믄 내사 마, 니들이 뭔 짓을 해도 암말 안 한다!
— 이혼도 아니고 별거라잖아.
— 그기나 그기나! 부부가 붙어 있어야지, 와 따로 사노!
— 그러다 더 좋아질 수도 있어. 다른 이유가 있는 게 아니라 애가 안 생겨 그렇다잖아. 애만 생기면 도로 합치겠지.
— 오냐 그래, 따로 사는데 얼라가 잘도 생기겠다!

그길로 엄마는 자리를 박차고 일어나 손가방도 그냥 두고 오피스텔을 나가버렸다. 바로 따라가려 가방에 손을 뻗는데 언니가 먼저 가방을 집어 들었다.

– 그건 노인네 말이 맞네. 애가 안 생기면 더 붙어 있어야지, 별거가 웬 말이라니?

딱히 묻는 말 같지 않아 대꾸 없이 물컵을 집어 드는데 언니가 대답을 기다린다는 듯 나를 빤히 보았다. 머쓱해진 김에 하마터면, 아기가 안 생긴 게 아니라 내가 일부러 안 가진 거라 털어놓을 뻔했다. 인철이 내 책상 서랍에서 피임약을 발견하고는 오만 정 다 떨어졌다며 스튜디오를 구해 먼저 집을 나갔다는 것까지도…. 언니가 알면 엄마가 아는 건 시간문제였다. 언니는 엄마한테 말 안 하는 게 없었다. 엄마한테는 절대로 말하지 말랬다는 말까지 보태서 했다. 오피스텔을 나서며 언니는 당분간 엄마한테 얼굴 뵐줄 생각일랑 말고 전화나 자주 드리라고 했다. 혼자 사는 엄마에게 자식 전화 받는 낙 말고 뭐가 더 있겠냐고 할 때는 다짐하듯 내 어깨를 두드렸다. 표정을 보니 그냥 하는 말이 아니라 진심 같아 나는 실소를 흘릴 뻔했다. 고등학교 때 집에 안 들어오기 일쑤면서 끝내 전화 한 통 안 해 엄마 속을 끓인 언니였던지라….

* * *

엄마는 10년 전에 아버지와 이혼하고, 방이 하나 더 있는 거 말고는 내 오피스텔과 별반 다를 것 없는 아파트에서 혼자 살았다. 엄마가 여든이 되면서 오빠는 매일, 언니는 이틀에 한 번 엄마에게 전화했다. 밤낮이 뒤집힌 시차 때문에 나는 '전화 효도'에서 제외되었으나 한국으로 돌아오고는 사정이 달라졌다. 오빠는 나하고 말 섞을 기회만 있으면 엄마에게 언제 전화했냐는 소리부터 했다. 급기야 전화하는 '적당한' 주기를 만들어 알려달라고 했다. 주기를 정해놓지 않으면 전화를 안 했으면서 했다 착각하고 건너뛰게 된다며…. 내 나름의 적당한 주기를 정하기란 쉽지 않았다. 삼일에 한 번? 일주일에 한 번? 보름에 한 번? 무엇을 근거로 횟수를 정해야 하는지, 그것부터 난감했다. 오빠는 장남이라 매일 하고, 언니는 장녀라 이틀에 한 번 한다는 언니의 설명은 논리가 좀 부실해 보였다.

며칠 고민하다가 인터넷에 물어보기로 했다. 외국에서 살다 한국으로 돌아온 사람 중에서도 기혼 여성만 가입할 수 있는 역이민 사이트…. 턱없는 돈으로 '인 서울' 오피스텔을 장만할 수 있었던 것도 그 사이트 덕이었다.

〔역이민 초보〕 혼자 사시는 팔순 엄마께 안부 전화는 얼마나 자주?

　제목을 그렇게 쓰고 여러 카테고리 중 '생활질문방'에 올렸다. 본문에는 '냉무'라고만 썼다가 '미리 감사드려요'라고 얼른 고쳤다. 끝에 물결 표시도 두어 개 갖다 붙였다. 질문을 올리고 우유 사러 편의점에 다녀오니 그새 100개에 가까운 댓글이 달려 있었다. 원래는 방문자 수가 가장 적다고 할 수 있는 방이었다. 올라오는 질문은 넘치는데 질문을 읽는 사람은 두 자릿수를 넘지 못했고 답변은 아예 없거나 있더라도 한두 개가 고작이었다. 내가 올린 질문은 조회수가 '600'에 육박했다. 그 간단하고 평범하기 그지없는 질문이 그 방 기준으로 기록적인 포스팅이 된 셈이었다. '며칠에 몇 번' 하는 식으로 도움될 만한 답변은 정작 몇 개 안 되었다. 다른 댓글은 모두, 저들끼리 싸우면서 빚어진 설전의 소치였다. 보름에 한 번이면 적당하다고 누군가 소견을 밝힌 댓글에 또 다른 누군가가 붙인 '대댓글'이 화근이었다.

혼자 사는 팔순 노모께 매일 여러 번 전화해도 모자랄 판인데 한 달에 겨우 두 번? 싹퉁머리 없기는.

그러자 그 댓글에 겨냥당한 누군가도 만만치 않아서, 언제 봤다고 다짜고짜 욕이냐며 반발하고 나섰다. 그 뒤로 두 사람 사이에는 '싹퉁머리 없다'가 무슨 욕이냐, 욕 아니면 칭찬이냐, 그래 칭찬이다, 그럼 나도 칭찬 좀 해주랴, 얼마든지 해봐라, 하는 말꼬리 잡기식 언쟁이 끝 가는 데 모르고 이어졌다. 지나던 이들도 가세해 저마다 마음 기우는 쪽을 편들며 한마디씩 보탰는데 그러다 또 자기들끼리 싸움판을 벌였다. 구경거리가 생겼다는 소문을 듣고 다른 방에서 찾아오는 사람까지 나타날 즈음, 그 지난한 언쟁을 멈출 댓글 하나가 홀연히 떴다.

시골에서 혼자 사시는 엄마한테 일주일에 한 번은 무슨 일이 있어도 꼭 전화했더랬어요. 그러다 제가 갑자기 수술받는 바람에 한 주 전화를 못 했죠. 하필 그때, 엄마가 돌아가셨어요. 이틀 뒤에야 이웃 사는 분이 발견했어요. 제 딴에는 엄마가 걱정하실까 봐 전화를 안 드렸던 건데요. 목소리 들으면 대번에 눈치채실 거 같아서요. 한 번쯤 건너뛴다고 별일이야 있겠어…. 그리 생각했죠. 엄마가 딱히 편찮으신 덴 없었거든요. 그리 갑자기 가실 줄은 정말 꿈에도 생각 못 했어요. 돌아가신 지 사 년이나 지났는데 전 아직 그때의 충격에서 벗어나지 못하고 있어요. 공황장애가 생겨 밤에 자다 숨을 못 쉬어서 응급실로 실려 간 적도 여러 번이에요. 저는 지금도 예전 번호로 엄마한테 매일 전화합니다. 결번이라고 안내가 나오지만, 그냥 저 혼자 말해요. 원글님, 엄마께 며칠에 한 번 전화하나 고민하지 말고 그냥 매일 하세요. 아니, 하루에도 여러 번 하세요. 나중에 저처럼 대답 없는 전화기 붙잡고 가슴 치지 마시고요. 엄마가 살아 돌아오신다면, 정말 그럴 수만 있다면, 전 하루에 열두 번도 더 전화할 겁니다.

　그 뒤로 이어진 댓글들은 조금씩 내용만 다를 뿐, 골자는 비슷했다. 돌아가신 엄마 생각에 엉엉 웁니다, 지금 우리 엄마한테 전화 겁니다…. 그 모든 댓글을 참고해 내 나름의 '적당한' 주기를 정할 수 있었다. 휴대폰 달력에 입력하고 알람도 설정했다. 한번은 지방 출장 때문에 알고도 건너뛴 적이 있었는데 오빠와 언니에게서 득달같이 문자가 왔다. 엄마한테 왜 전화 안 했냐고…. 그 뒤로 나는 나름의 주기대로 엄마한테 거는 전화를 절대 빼먹지 않았다. 비록, 별일 없음을 담보하고 별일 없냐고 묻는 게 고작이지만 그래도 하긴 했다. 심지어는 내가 코로나에 걸렸을 때도 전화했는데 오빠와 언니는 또 왜 그 지경인데 전화해서 엄마를 걱정시키냐고 타박했다.

* * *

   - 서울역? 수서역? 어디서 몇 시에 만나⋯.

   욕실에 들어가 샤워기 물을 뜨겁게 틀어두고 칫솔을 입
에 문 채 엄마에게 문자를 찍었다. 말끝에 '요'를 썼다가 지
우고 또 쓰고 지우기를 반복했다. 입에서 치약이 한 방울
떨어져 얼른 휴대폰을 치웠다. 부옇게 습기 찬 거울을 문질
렀다. 거울 속 내 얼굴을 남의 얼굴 보듯 새삼스레 쳐다보
며 한국에 온 뒤로 내가 왜 자꾸 엄마에게 존댓말을 하려
드는지 생각했다. 어째서 다시 예전으로 돌아가려는지⋯.
   기억이 시작되는 곳에서 나는 엄마에게 존댓말을 쓰고
있었다. 자식 중에서 나만, 그것도 제일 어린애가 엄마에
게 존댓말을 쓰고 있다는 사실을 깨닫고 나는 의아해하거
나 당혹스러워하기에 앞서 우선, 슬펐다. 그건 기억하지 못
하는 시간 어디쯤에서 내가 데려온 자식임을 스스로 깨우
쳤다는 의미였기 때문이다. 그 시간을 기억해 내려 무진 애
를 썼다. 내 어린 시절은 온전히 그 노력에 바쳐졌다고 해
도 과언이 아니었다. 나는 아버지가 나를 우리 집에 데려온

날을 기억하지 못한다. 아버지가 죽은 친구의 딸이라며 나를 호적에 올려 자식으로 키울 거라고 가족들 앞에서 공표하던 순간도 기억하지 못한다.

기억이 시작되는 무렵의 나는 엄마에게 존댓말을 쓸 뿐 아니라 '엄마'라고 제대로 부르지도 못했다. 할 말이 있으면 호칭을 생략하거나 엄마 곁으로 다가갔다. 그러면 엄마가 쳐다보니 할 말을 하면 되었다. 엄마가 내 기척을 못 느끼면 엄마 옷 어디를 살짝 잡아당기거나 억지로 기침했다. 피치 못하게 엄마를 불러야만 하는 때는 '어머니'였다. 그나마 오빠 덕에 지금처럼 '엄마'가 될 수 있었다.

― 이제부턴 너도 그냥 엄마라고 불러. 말도 편하게 놓고…. 어머니가 뭐니, 어린애가 징그럽게….

원래가 집에 잘 없는 아버지만 빼고 온 가족이 거실에 모여 앉아 농촌 드라마를 보고 있을 때였다. 나는 마룻바닥에 엎드려 텔레비전 소리를 귀로만 들으면서 방학 숙제를 하는 중이었다. 군대에서 휴가 나온 오빠가 소파를 다 차지하고 드러누워 허연 배를 긁으며 그리 말했다. 할머니와 살던 아이가 가출했다 돌아온 엄마를 '어머니'라고 불러 동네 아이들에게 놀림 받는 장면이 드라마에 나온 직후였다. 나는 대번에 고개를 들어 엄마와 언니를 쳐다보았다. 가뜩이나 찍어놓은 듯 닮은 얼굴로 나란히 입을 헤 벌린 채 드라마를 보던 두 사람은 오빠 말을 못 들었는지 아무 반응이 없었다. 귀까지 벌겋게 달아오른 얼굴이 들통날까 봐 나는 펼쳐놓은 공책에 고개를 파묻었다. 그러쥔 연필이 제멋대로 움직여 공책에 같은 단어를 반복해서 썼다.

엄마, 엄마, 엄마, 엄마….

그렇다고 그날로 내 입에서 '엄마'란 말이 쉬 나온 건 아니었다. 존댓말이 반말로 금세 내려서는 것도 아니었다. 다만, 엄마를 대할 때 마음이 전에 비해 한결 편해지긴 했다. 하면 안 되어서 못 하는 것과 해도 되는데 못 하는 것은 하늘과 땅 차이였다.

* * *

이를 너무 오래 닦았는지, 치약을 뱉는데 피가 좀 섞여 있었다. 등 뒤에서 휴대폰 문자 수신음이 튀어 올랐다. 얼른 입을 헹구고 욕실에서 나가 전화기를 집어 들었다.

엄마의 문자는 원래 마침표가 없고 띄어쓰기도 거의 지키지 않았다. 그래서 뜻을 파악하려면 글자를 한참 들여다봐야 했다. 영어를 쓰게 될 때도 상황은 비슷했다. 엄마는 영어를 제대로 발음하는 일이 없었다. 평생 영어를 배운 적이 없으니 그럴 만은 했다. 내가 살던 미국 뉴저지는 엄마에게 한결같이 '누우저지'였다. 누우저지에 눈이 많이 왔다는데, 누우저지에 지진이 났다는데…. 그나마 뉴저지는 남의 나라니 엄마가 입에 올릴 일이 드물 테지만 매일같이 이용할 엘리베이터를 '에레바토', 에스컬레이터를 '에스카레'라고 하는 데는 적잖게 마음이 쓰였다. 기회 닿는 대로 짚어주었지만, 엄마는 다들 잘만 알아들으니 걱정하지 말라할 뿐 고쳐보려 시도하는 기색은 없었다. 엄마가 문자에 쓴 '캐트에쓰'는 KTX일 터였다. 수서역 고속열차는 심지어 KTX가 아니라 SRT인데…. 수서역에서 고속열차로 한 시간 반 정도 걸리는 지역이 어디쯤인지 인터넷으로 짚어보았다. 동대구역. 엄마가 말한 '어디'는 대구가 유력했다.

대구

대구에는 소실집이 있었다.

엄마의 친정은 '본댁'으로 불렸고 소실집에는 외할아버지의 둘째 부인이자 엄마에겐 작은어머니 되는 분이 살았다. 집에서는 그분을 '작은외할머니'라고 불렀다. '소실'이란 단어의 뜻이라든가 그걸 둘러싼 사정을 눈치챌 만한 나이가 아니었던지라 나는 그분이 키가 작아 다들 그리 부르는 줄로만 알았다. 어찌 됐건, 난 그분을 '외' 자를 붙여 불러본 적이 없었다. '외' 자는 엄마와 피가 한 방울도 안 섞인 것 같은 내겐 허락되지 않은 단어였다. 오빠와 언니에게는 외삼촌이고 외숙모지만 내게는 그냥 삼촌, 숙모였던 것처럼, 그분도 내겐 그냥 '작은할머니'였다. 그렇게 부르는 것마저 또 누가 눈치챌까 봐 한때 엄마에게 그랬듯, 나는 그분을 대놓고 부르지 않는 쪽을 택했다.

작은할머니는 사 남매를 두었는데 모두 대구에 모여 살았다. 내막을 알고 난 뒤에도 어린 내 머리로는 쉬 이해되지 않던 게 있었다. 작은할머니 집에서조차 그 호칭을 아무렇지 않게 받아들일 뿐 아니라 심지어는 자신들도 그걸 쓴다는 사실이었다. 느이 작은외할머니한테 이것 좀 갖다 드리렴, 하는 식으로…. 게다가 엄마는 이복 동기들과 꽤 사이가 좋았다. 엄마의 친동기는 위로 남자 형제만 세 분 있었다. 엄마가 막내라 친동기는 모두 돌아가신 데 비해 대구 사는 이복 동기들은 구순이 된 분까지 모두 건재했다. 돌아가실 때 작은할머니 연세가 백둘이셨던 걸 보면 그럴 만도 했다.

부산에서 살 때도, 서울로 이사 오고도 엄마는 소실집에 크고 작은 경조사가 있을라치면 만사 제치고 대구에 갔다. 어렸을 때 엄마 따라 두어 번 대구에 간 적이 있었다. 고등학생이 되고는 공부 핑계를 댈 수 있었다. 그렇다 보니, 길에서 우연히 만나더라도 못 알아보고 지나칠 게 뻔한 소실집 식구들은 내게 친척이라기보다 남에 가까웠다. 나는 소실집에 가는 게 싫었다. 누군가의 입에서 그 집 말만 나와도 두드러기가 날 것 같았다. 소실집은 어린 내가 감당하기 벅찬 감정들의 집결지라 할 만했다. 수치심, 굴욕감, 열패감 같은…. 거기엔 뜬금없이 부러움도 개입되었다. 소실집 식구들은 한배에서 난 형제자매가 있고, 어느 한 사람 떨어지지 않고 한데 모여 살았다. 심지어는 낳아준 사람하고도….

내가 아버지의 죽은 친구 딸이 아니라 아버지의 친딸이란 걸 식구들은 어렵사리 짐작할 수 있었다. 눈치가 빠를 필요까진 없었다. 아버지는 거짓말을 잘했다. 아버지는 당신이 거짓말을 잘한다는 걸 우리 식구 모두 알고 있다는 사실을 또 알았다. 그래서 아버지는 내 부모라 내세운 친구 부부와 내가 함께 찍은 가족사진 같은 거라도 한 장 내놓을 생각을 안 했다. 내가 친구 딸이라는 거짓말이 거짓말로 들리지 않게 하려면 아버지는 딸이 더 있으면 이름을 '울산'이나 '포항'으로 지었을 거라는 말을 농이랍시고 하지 말았어야 했다. 내 이름이 원래는 '(이)경주'가 아니라 '(김)은정'이나 '(황)경희'였는데 호적에 올리면서 개명한 거라고 설명해 주어야 했다. 아버지는 나를 위해 그런 최소한의 성의도 보이지 않았다.

내게도 아버지는 내 아버지였다. 기억이 시작되는 곳에서부터 그냥 그랬다. 알 수 없는 이유로, 나는 아버지가 내 친아버지가 아니라는 의심을 해본 적은 없었다. 나는 식구들이 나를 놓고 어떤 생각을 하는지 알지 못했다. 누구도 그걸 드러내 보인 사람은 없었다. 처음에는 식구들이 알면서 감추는 줄 알았다. 세월이 흐르면서, 식구들도 잘 모른다는 걸 알게 되었다. 그냥 아버지의 죽은 친구 딸인 척해 주는 것 외엔 내 출생에 관해 아무 말도 안 하기…. 누가 정했는지 모르는, 우리 집의 철저한 묵계였다. 그 묵계를 깬 사람은 언니였다.

어디서 뭘 하다 자정 무렵 귀가해 엄마한테 꾸중 듣던 날, 엄마에게 대들다 언니는 느닷없이 '첩년 딸'이란 말을 입에 올렸다. 자주 그렇듯, 집에는 아버지가 없었고, 기억 나지 않는 이유로 오빠도 없었다. 열대야 때문에 엄마와 함께 거실에서 자다 깬 나는 처음에는 그게 날 두고 한 말이란 걸 몰랐다. 언니가 엄마더러 '저 첩년 딸만 끼고 돈다'고 말할 때 손가락으로 찌를 듯 날 가리켜서 알았다. 엄마는 그 말에 온몸이 감전된 듯 파르르 떨더니 빗자루를 집어 언니의 등이며 종아리를 마구 때리기 시작했다. 나는 창문에 붙어 서서 양손으로 귀를 틀어막았다. 사지가 제 맘대로 마구 떨렸다. 귀를 막았는데도 언니 입에서 터져 나오는 한 마디 한 마디가 송곳처럼 귀를 후벼팠다. 실제로 피가 흐르는 듯 귀가 뜨거워 급기야 나는 울음을 터뜨렸다. 드러난 언니의 팔다리에 빗자루가 내리꽂히며 피멍을 틔울 때마다 박자 맞추듯, 언니 입에서 '첩년 딸'이 튀어나왔다. 그러다 한순간, 언니가 축 늘어지더니 잠잠해졌다. 엄마가 소스라치며 빗자루를 내던지고 언니를 안아 흔들었다. 파리한 언니 입술에서 신음 같은 한마디가 새 나왔다. 다시는 안 그럴게요…. 그길로 엄마가 언니를 부둥켜안고 서러운 울음을 터뜨렸다. 늘어졌던 언니의 양팔이 들리더니 스르르 엄마 허리를 감았다. 그래도 나는 울음을 그치지 않았다. 아니, 더 소리 높여 울었다. 두 사람이 나 때문에 싸우는 것도 싫었지만, 두 사람이 나 때문에 화해하는 건 더 싫었다. 나는 목 놓아 울면서 엄마가 언니의 그 말을 용서하지 않기를 절박하게 바랐다. 온몸의 힘을 목에 줘봤지만, 내 울음소리는 끌어안아 한 몸이 된 것 같은 두 사람의 울음소리에 묻혀 들리지 않았다. 그날 엄마는 언니가 한 그 말이 맞는다고 내 앞에서 인정한 것과 진배없었다.

언니는 엄마에게 약속한 대로 다시는 그 단어를 입에 올리지 않았다. 그러나 모르긴 몰라도, 상당한 시간 동안 언니의 몸속에 잠복해 있었을 그 단어는 묵은 세월만큼의 저력을 발휘하기 시작했다. 언니 몸에서 빠져나온 그 단어는 그때부터 내게로 옮겨와 나와 함께 살았다. 거머리처럼 들러붙어 내게 기생했다. 나는 내가 하는 모든 생각과 행동을 그 단어의 발아래 갖다 바쳤다. 내 모든 사고 및 행동 체계는 오롯이 그 단어의 지배를 받았다. 그 결과, 나는 웃다가 울고, 노래하다가 비명을 올리고, 행복하다가 이내 불행해지는 사람이 되었다. 사랑한다고 믿어 의심치 않던 남자와 그리 쉽게 헤어질 결심을 한 것도 따지고 보면 그 단어 탓일 공산이 컸다. 인철이 그렇게도 원하는 아이를 작심하고 갖지 않은 것 역시….

오로지 그 단어만으로 만들어진 집이 실제로 존재한다면 내겐 그게, 소실집이었다. 식구 누구 입에서든 '소실집'이 나올라치면 나는 날카로운 더듬이를 지닌 벌레가 귓속을 휘젓고 돌아다니는 느낌에 시달렸다. 오죽하면, 그 집에서 잘 때 벌레가 귀에서 빠져나와 사방을 기어다니는 것 같아서 밤새 몸을 긁어대야 했다.

그런 소실집에 내가 가고 싶을 리 만무했다. 그렇다고 엄마가 어딜 같이 가자는데 거절하기도 뭣했다. 엄마는 평소내게 뭘 청하거나 부탁해 오는 일도 거의 없었다. 내가 미국에 가기 전에도 그랬다. 나는 대학에 들어가면서 자취하는 친구 집에서 따로 살았다. 제대한 뒤 오빠는 무역업에 투신하겠다며 곧장 일본으로 건너갔고 외박을 밥 먹듯 하던 언니가 엄마 곁에 남았다. 언니가 결혼해 집을 떠난 후에도 엄마는 병원에 가거나 먼 곳에 볼일이 있으면 다른 사람 아닌 언니를 불러들였다. 언니가 아닌 내게 엄마가 어딜 가자고 할 때는 꼭 나하고 가야 하는 이유가 있다고 봐야 했다.

일 핑계를 댈 수도 없었다. 하필, 며칠 밤을 새워가며 꼬박 보름을 매달렸던 영화 번역을 끝내고 넘긴 참이었다. 삼사일은 세상없어도 퍼질러 자고, 책 읽고, 드라마나 영화를 몰아 보면서 칩거할 계획이었다. 이맘때면 도지는 기관지염 때문에 약을 받으러 병원에도 가야 하고…. 사실, 엄마한테는 회사 일이 바쁘다고 하면 만사형통이었다. 언니 표현대로라면, 엄마는 자식보다 자식의 일을 더 중히 치는 사람이었다. 하지만 이번에는 바쁘다고 하는 게 핑계 정도가 아니라 새빨간 거짓말이 될 터였다. 거짓말은 하기 싫었다. 특히 엄마에게는…. 언니는 나 혼자 한국에 돌아온 것도 일 때문이라고 둘러대지, 왜 있는 대로 고해바쳤냐며 타박했지만 나는 거짓말하고 싶지 않았다. 그런 나를 언니는 착한 척한다고 자주 비웃었다. 내가 엄마에게 작은 거짓말도, 하다못해 선의의 거짓말도 하지 않으려 기를 쓰는 이유는 결코 착해서가 아니었다. 오히려 그 반대라고 할 수 있었다. 나란 존재 자체가 이미 엄마에게 거짓말처럼 느껴져서였다. 아버지와 내가 공모해서 만든 하나의 큰 거짓말…. 그러잖아도 이미 내 삶을 통째로 저당 잡힌 거짓말…. 나는 거기에 더는, 정말 더는 한 마디의 거짓말도 보태고 싶지 않았다.

피치 못하게, 거짓말이 필요한 때가 아예 없는 건 아니었다. 그럴 때 나는 처음부터 말을 안 하는 쪽을 택했다. 어떤 일을 다르게 바꿔서 거짓말하는 대신, 그 어떤 일이 아예 없었던 것처럼…. 같은 맥락에서, 나는 인철에게도 거짓말한 게 아닐 수 있었다. 결혼 직후부터 계속 피임해 온 걸 말하지 않았을 뿐이었다. 사실은 내가 아기를 낳을 생각이 추호도 없다는 걸 말하지 않았을 뿐이었다. 내가 시작된 곳이 어딘지도 모르는 채, 내 기억이 시작되는 곳이 어딘지도 모르는 채, 그 기억 너머에 무엇이 있는지도 모르는 채…. 그런 채 무작정 아이를 가질 수는 없었다. 그런 채 나로부터 시작될 또 다른 기억을 만들 수는 없었다. 아무리 생각해도 그건 너무 위험한 일이었다.

* * *

일요일, 한 시 반에 수서역에서 만나자고 엄마에게 확인하는 문자를 보냈다. 그리고 바로 용석에게 문자를 찍었다.

— 대구라고 했지? 조선의 마지막 궁녀였던 분이 사신다는 데가.

영화 번역 일로 보름이나 외유한 게 마음에 걸리던 차였다. 물론, 용석은 자처해 내게 다른 일이라도 물어다 줄 위인이긴 했다. 미국에 살면서 7년째 경력이 단절된 내가 한국으로 돌아오게 생겼다 했을 때 그길로 프로덕션에 자리를 마련해 주기도 했고…. 그래서 더 미안했다. 용 프로덕션에서 외주받아 제작 중인 〈인생 인터뷰〉 시즌 5, 여섯 번째 게스트인 마지막 궁녀를 내가 커버하는 걸로 빚진 마음을 만회해 볼 심산이었다. 어차피 대구에 가는 김에….

〈인생 인터뷰〉는 용 프로덕션에서 외주 제작하는 휴먼 다큐물이었다. '당신의 인생에 묻는다'란 부제에 걸맞게 인터뷰 포맷이었다. 클라이언트 방송사에서 자체 제작할 때도 어지간한 시청률을 뽑아내던 프로였다. 일주일에 1회 편성에 시즌마다 총 10회 에피소드로 다섯 번째 시즌을 이어오고 있었다. 우리가 '스토리텔러'라고 부르는 게스트와 '인터뷰어'에 해당하는 질문자 섭외만 잘하면 자체 동력으로 굴러간다고 볼 수 있었다. 게스트의 고향이나 연고 있는 곳을 질문자가 동행하며 인터뷰하는 식이라 야외 촬영이 많고, 현장감을 살리려 핸드헬드 카메라를 주로 썼다. 요즘 방송 트렌드에 맞춰 카메라 흔들림이나 주변 소음은 일부러 편집하지 않았다. 피디나 작가는 물론, 심지어는 게스트의 가족이나 지인이 찍은 영상도 색을 보정하고 화질을 높이는 등 차후에 손봐서 활용할 정도였다.

나는 시즌 5의 세 번째 에피소드부터 구성과 대본 작업에 투입되었는데 그 이후 순전히 타의에 의해 고정되었다. 〈인생 인터뷰〉 시즌 5의 테마는 '실버 라이프'로 게스트가 노인이었다. 3회 게스트는 곡예단이 있던 시절에 통 굴리기를 하던 어르신이었다. 클라이언트 방송사가 게스트에게 원하는 '독특한 이력의 소유자'에 이보다 더 잘 들어맞을 수 없어 제작팀의 기대가 사뭇 컸다. 시즌 5에 들어서면서 시청률이 하락 일변도라 만회할 기회로 여겼는데 인터뷰에서 건질 내용이 너무 안 나왔다. 일단, 게스트인 어르신이 귀가 어두워 인터뷰어의 질문을 잘 듣지 못했다. 그거야 더 큰 소리로 다시 질문하면 되는 일이었지만 그보다는 게스트가 질문의 의도를 잘 파악하지 못한다는 게 더 큰 문제였다. 인터뷰어의 질문은 작가가 게스트 저마다의 테마에 맞추어 치밀하게 구성한 대본에 근거했다. 매체 종류를 불문하고 인터뷰 포맷의 콘텐츠는 그 성공 여부가 좋은 답변이 아니라 좋은 질문에 달려 있다. 질문이 좋으면 답변도 좋기 마련이라 좋은 답변 이전에 좋은 질문을 만드는 게 관건이었다. 나름, 내가 그걸 잘했다. 대학에서 학보를 만들 때도, 졸업 후 지역 신문사에서 기자를 할 때도 내겐 주로 인터뷰 기사가 떨어졌다. 내가 만드는 질문은 좋은 답변을 품고 있다는 평가를 받았다. 간혹, 그걸 유도신문 잘한다는 걸로 왜곡하려는 이들도 있긴 했지만….

그런데 좋은 질문이 반드시 좋은 답변으로 이어지는
않는다는 게 〈인생 인터뷰〉에서 증명되었다. 일찌감치 정
직원으로 내정될 만큼 실력을 인정받은 용 프로덕션의 인
턴은 내가 써준 질문을 자신이 즉석에서 생각해 낸 듯 천연
덕스럽게 잘 읽었다. 그런데도 통 굴리기 어르신의 대답은
줄기차게 맥락을 벗어났다. 하는 수 없이 녹화를 계속 끊어
가며 그때그때 질문을 수정해야 했다. 그런다고 문제는 해
결되지 않았다. 질문을 이해하기 쉽도록 고치니 이번에는
대답이 문제였다. 앞뒤 잘라먹고 단답형으로 끊어지는가
하면, 또 앞뒤 상관없이 지지부진 늘어지기 일쑤였다. 그나
마 건질 만하다 싶은 답변을 모아놓고 보니 채워야 할 분량
의 절반에도 못 미쳤다.

도리 없이 게스트에게서 받은 사진이나 영상으로 꾸역꾸
역 분량을 메꿔야 했다. 4회 때도 게스트 섭외는 차질 없이
이루어졌으나 일단 촬영이 시작되고 나면 이전 상황과 별반
다르지 않았다. 근소한 차이지만, 시청률은 또다시 떨어졌
다. 용석은 자제력을 잃고, 스태프는 흥미와 열의를 잃었다.
딴에는 보강책을 마련하려 제작진은 새벽까지 마라톤 회의
도 불사하며 용을 썼다. 그러나 방금 당신이 한 말을 잊고서
같은 이야기를 고장 난 녹음기처럼 반복하는 어르신들 앞에
서는 속수무책이었다. 안타깝게도, 노인들은 품은 이야기가

많았으나 그걸 이야기하는 방식은 서툴렀다. 스토리텔러가 젊은 층이었던 전 시즌 담당 피디의 전언에 따르면, 청년들은 질문자의 의도에 적중한, 만점 답안지 같은 답변을 척척 내놓았으나 정작 이야깃거리가 적어 골머리를 앓았다고…. 어찌어찌 세 편의 에피소드를 만든 나도 정직하게 말하면, 어서 빨리 10회를 채우고 〈인생 인터뷰〉 시즌 5가 끝나기를 기다리는 심정이 되었다.

잠자리에 들려고 불을 끄려는데 휴대폰에서 문자 수신 알람음이 울렸다. 용석이었다.

− 맞아, 대구.

− 뭐가?

− 마지막 궁녀. 어디 사는지 물었잖아.

− 아, 맞다.

− 자다 깼어?

− 응, 시간이 몇 신데.

− 팔자 좋네. 여긴 밤샘이라 핫바 먹는 중.

− 고생하네.

− 죽갔다.

− 내가 찍어다 줄까?

− 뭘?

– 마지막 궁녀.

– 오호, 진짜?

– 내일 대구 가게 생겼거든.

– 오옷, 좋지, 좋지!

– 감동이지?

– 사무칠 정도로! 이번에 새로 장만한 카메라 챙겨.

– 말이라고. 이걸 빨리 써보고 싶기도 해서.

– 인도어 신은 오버 더 숄더로 해서 질문자도 들어가게 하고. 황 부장 왔다. 자세한 건 나중에!

– 이걸로 갚는 거다, 보름 치 외도한 거.

– 콜!

– 대구 주소하고 연락처 찍어놔. 난 잔다. 고생해.

＊ ＊ ＊

수서 기차역 대합실로 들어섰는데 엄마는 바로 눈에 들어오지 않았다. 국밥류를 파는 식당 앞으로 포스터가 즐비하게 붙은 광고판이 서 있고 그 뒤로 붙박이 의자가 줄줄이 보였다. 앉으려고 광고판 뒤로 돌아가니 그랜드피아노가 있었다. 의자가 피아노를 향해 있는 걸로 보아 작은 공연장으로도 쓰이는 듯했다. 나는 대여섯 사람이 몰린 쪽을 피해 가장자리 자리로 가서 앉았다. 카메라를 꺼내려 가방 지퍼를 더듬던 손이 흠칫 멈추었다. 피아노 앞에 앉아 있던 사람이 엄마란 걸 뒤늦게 알았기 때문이다. 진분홍 윗도리에 파란 바지 차림의 엄마는 새카만 피아노에 따 붙인 합성 인물처럼 튀어 보였다. 조명 아래 엄마의 목 주변이 집중적으로 반짝였다. 내 쪽에서는 앵글상 옆얼굴도 반만 보였지만, 엄마가 분명했다. 엄마는 외출할 때면 어김없이, 목깃이나 소맷단 같은 곳에 알알이 큐빅 박힌 옷을 입었다.

엄마는 피아노를 치고 있… 아니, 치고 있지 않았다. 피아노를 치는 척만 하고 있었다. 손가락이 건반에 닿지 않고 공중에서 이리저리 움직였다. 얼른 둘러보니 의자에 앉은 사람들은 저마다 휴대폰에 코를 박고 있느라 다행히 엄마를 쳐다볼 겨를이 없는 것 같았다. 제일 끝자리에 앉은 남자 노인만 지팡이에 올린 두 손에 얼굴을 고이고 피아노 쪽을 보고 있었다. 엄마의 등 쪽에서 꼬마 아이 하나가 피아노 쪽으로 쪼르르 달려왔다. 아이는 혓바닥을 빼문 채 엄마와 피아노를 번갈아 쳐다보았다. 그러더니 뒤돌아 누군가에게 빨리 오라고 손을 펄럭였다. 엄청나게 신기한 구경거리가 있다는 듯…. 무리도 아니었다. 엄마는 미간이 펠 정도로 눈을 질끈 감고서 몸을 좌우로 움직이며 소리 안 나는 피아노 연주에 몰입해 있었다. 나는 얼른 백팩과 카메라 가

방을 챙겨 들고 일어나 엄마에게 다가들었다. 엄마 팔을 잡
으며 귀에 입을 대고 가자고 속삭였다. 놀란 엄마가 화들짝
몸서리를 치더니 눈을 뜨고 나를 올려다보았다. 엄마의 한
쪽 겨드랑이에 손을 넣고 힘주어 엄마를 일으켰다. 도망자
가 된 심정으로 엄마와 자리를 뜨는데 뒤에서 지팡이 노인
의 가래 낀 음성이 들렸다. 앵코올.

   종종걸음으로 피아노가 있는 곳에서 벗어나다 돌아보니
엄마가 연골이 닳아 불편한 무릎을 절룩이며 따라오고 있
었다. 플랫폼 입구 쪽 의자에 내가 백팩을 내려놓자 엄마가
사선으로 두른 가방을 몸에서 걷어내며 의자에 앉았다. 플
랫폼 입구의 열차 시간표를 올려다보는 엄마의 시야를 내
가 가리고 섰다.

   – 아까 피아노 앞에서 그게 뭐…. 왜 그런….

   엄마가 대답 대신 휴대폰을 내 코앞으로 디밀었다. 도리
어 내가 뭘 잘못했다는 듯 눈썹이 치켜 올라가 있었다.

   – 니는 와 자꾸 말을 하다가 마노?

   휴대폰으로 시선을 떨어뜨리자 위에 내 이름이 내걸린

문자 창을 엄마가 검지로 쭉쭉 밀어 올렸다. 평소 밉상이던 사람에게서 뭔가 결정적인 실책이라도 발견한 듯 득의양양한 표정이었다.

– 봐라, 니가 보낸 문자에 말을 온전히 끝낸 게 있는가….

내가 엄마에게 보낸 문자들이 눈앞에서 획획 지나갔다. 그 위로, 말끝에 '요' 자를 붙일까 말까, 주저하는 내 얼굴도 지나갔다. 그때부터 엄마는 말을 하다 마는 것의 단점이랄까, 폐해 같은 것에 관해 길게 이야기했고 나는 교장 선생님의 훈화를 듣는 학생처럼 얌전히 서 있었다. 했던 말을 자꾸 반복해 조금 지루하긴 했지만, 엄마의 '훈화'는 효과가 있었다. 엄마에게 존댓말을 쓰지 않아도 되겠다는 결심 비슷한 걸 할 수 있었다. 무엇보다, 말하는 중에 엄마가 '미국에서 돌아온 뒤부터'라고 한 것으로 보아 엄마가 내 마음을 눈치채고 있는 것 같기도 하고…. 이 세상에서 내 마음을 보이고 싶지 않은 사람이 있다면 단연코 엄마가 첫 번째였다. 의자에서 백팩을 들어 어깨에 걸치면서 내가 말했다.

– 아까, 왜 피아노를 제대로 안 치고 흉내만 냈어?

엄마는 옆눈으로 내 얼굴을 흘깃 보더니 무릎에 올려놓은 가방을 다시 몸에 둘렀다.

– 시간 다 됐네. 고마, 가자.

에스컬레이터를 내려가면서 나는 같은 질문을 또 했다. 두어 계단 앞에 선 엄마는 돌아보기 귀찮은지, 못 들은 척했다. 엄마의 대답은 기차가 도착했을 때야 들을 수 있었다. 우리가 타려는 기차가 경부선이 아니라 호남선인 것을 내가 알았을 때….

– 피아노 치는 할매 배역이 갑자기 들어오면 우짜노. 미리 연습을 해둬야 안 되것나.

기차에 올라 지정된 자리에 앉자마자 엄마는 등받이에 깊이 몸을 기댔다. 전날 밤, 잠이 안 와 고생하다가 10시 넘어서야 겨우 잠들었다면서…. 언니는 잠을 잘 자는 사람으로 엄마를 기네스북에 올려야 한다고 했다. 내가 보기에도 그랬다. 거짓말 안 보태고, 엄마는 베개에 머리를 대는 순간 바로 코를 골았다. 마침 말을 하고 있었다면 베개에 머리가 닿는 순간 그 말이 잠꼬대가 되는 식이었다.

─ 도착하기 십 분 전에 깨우그래이.

엄마가 창 쪽으로 몸을 트는 걸 보고 부리나케 휴대폰을 꺼냈다. 대구 가는 경부선이 아니라 호남선이라…. 기차 노선은 오송역에서 갈라졌다. 거기서 경부선은 대전으로, 호남선은 공주로 가다가 익산, 정읍, 광주, 나주, 목포로 이어졌다. 그럼, 엄마가 가려는 곳은 어디…. 한 시간 반이 걸리는 곳이라면….

─ 어느 역에서 내리는 건데?

기차 등받이가 베개하고 달라 그런지 엄마는 아직 잠들지 않은 듯했다. 눈을 감고 가슴 위로 팔짱을 낀 채 귀찮다는 듯 엄마가 말했다.

─ 정읍이지 어데고.

정읍

 정읍에 가는 줄 몰랐다고 했더니 엄마가 자리에서 몸을 튕기듯 돌려 나를 보고 앉았다. 엄마는 내게 전화했을 때 분명히 어딜 간다고 목적지를 말했다고 했고 나는 하지 않았다고 했다. 나는 엄마가 대구에 가는 줄 알았다고 했다. 엄마는 왜 내 맘대로 그리 생각하냐고 했다. 가는 데 한 시간 반 걸린다 했기 때문이라 하자 엄마는 반색하며 정읍역까지 한 시간 반 걸린다고 했다.

 – 정확히는 한 시간 이십 부운!

 그 당당한 기세에 눌린 나머지, 나는 어느 시점에서 엄마가 목적지를 말했는데 내가 놓쳤거나 듣고 까먹었을 가능성을 생각하기 시작했다. 그런 기미를 느꼈는지 엄마는 다시 몸을 돌려 잠을 청했다. 스피커에서 안내 방송이 나와 잠시 말을 멈췄다가 정읍엔 왜 가는 거냐고 다시 물었을 때 대답 대신 엄마의 등 너머로 코 고는 소리가 돌아왔다. 나는 앞좌석 등받이 주머니에 꽂아둔 휴대폰을 꺼내 들었다. 용석에게 보낼 문자를 쓰기 전에 주먹을 쥐었다 펴기를 몇 번 했다. 길게 이어질 문자가 될 터였다. 이모티콘을 먼저 보냈다. 용석이 좋아하는 여자 아이돌 가수가 "Hi" 하며 손을 흔드는…. 휴대폰을 보던 중인지 용석에게서 바로 답이 왔다.

　－ 오, 마이 경, 부지런히 가는 중?

　－ 응. 근데 용, 대구가 아니래.

　－ 뭔 소리야?

　－ 내가 잘못 알았어. 대구가 아니야.

　－ 대구가 아냐? 그럼, 어디 가는데?

　－ 정읍.

　－ 정읍? 전라도 정읍?

　－ 응.

　－ 뭐야, 대구 간다며!

　－ 미안. 촬영은 어쩌지?

　－ 어쩌긴 뭘 어째. 찍어야지.

― ???

― 너가 커버한대서 황 부장한테도 이미 말했어.

― 그걸 거기다 벌써 말했다고?

― 어제, 아니 오늘 새벽에 만났다고 했잖아. 그때 다 말했지. 스케줄 다 박혔어, 이제.

― 큰일 났네.

― 스태프도 다른 데로 다 돌렸고. 니가 한대서!

― 알아. 내 실수야, 인정.

― 그러니 약속 지켜.

― 대구 가는 게 아니라니깐.

― 그냥 정읍에서 찍어.

― 뭘 찍어?

― 정읍에서 적당한 게스트 찾아서 찍으라고.

― 뭔 소리야. 그게 바로 돼?

― 거기 며칠 있는댔지?

― 2박 정도.

― 방송은 2주 뒤니까 긍정적으로 생각해. 틀 다 잡혀 있지, 작가 있지, 카메라 있지.

― 그럼 뭐 해, 노인이 없는데!

그걸로 문자가 끊어졌다. 전화가 들어왔거나 급한 용무

가 생겼는지 용석의 문자는 더 이어지지 않았다. 나는 바로 인터넷 검색창을 열어 '정읍+인물'이라 입력하고 눈으로 빠르게 훑었다. 정읍의 역사와 명소, 명물에 관한 소개 자료가 이어지다 정읍 출신 유명인이 줄줄이 떴다. 〈인생 인터뷰〉 시즌 5의 게스트하고는 별 상관없는 정보였다. 대중에 알려지지 않은 사람이어야 했다. '악기장'이란 단어가 번개처럼 눈에 꽂혔다. 해금. 가야금. 전통 농악 보존회. 아쉽게도, 정읍에 연고를 둔 악기장은 대부분 이름 앞에 '故'가 붙어 있었다. 정읍을 헤집고 다니며 현장 섭외해야 하나… 그러기엔 시간이 턱없이 부족했다. 도착하면 벌써 오후가 될 텐데 언제 게스트를 찾고, 찾은들 사전 인터뷰는 언제 해서 콘티를 짜고 촬영은 또…. 정읍은 일찌감치 접고 게스트라도 확보해 놓은 대구에 집중하는 편이 나을 듯했다.

방송 제작에서는 빠른 포기가 최상의 솔루션이다— 다른 사람 아닌 용석이 평소 직원들에게 입이 닳게 자주 하는 소리였다. 빨리 카메라를 들려 인턴이라도 대구로 보내라고 용석에게 문자를 찍으려는데 전화가 들어왔다. 휴대폰을 들고 일어나 찻간 뒤쪽으로 갔다. 문을 여니 간이 의자가 보여 앉았다. 전화기 속 용석의 목소리는 뜬금없이 해맑았다.

– 경, 답을 찾았어.

– 뭔데?

– 어머니를 찍어.

– 어머니?

– 그래, 그대 어머니.

– 설마, 우리 엄마?

– 그래. 경 어머니가 배우시잖아.

– 한때는. 지금은 무릎이 아파 못 하셔.

– 뭔 상관이야.

– 게다가 단역배우.

– 더 좋지!

– 그냥 평범한 할머니야, 우리 엄마.

– 우리 프로 콘셉트가 그거잖아. 평범! 니가 제일 잘 알면서 뭘
그래. 황 부장도 좋대. 방금 얘기 끝냈어.

– 뭘 끝내?

– 황 부장도 어머니 출연하신 토크쇼 봤대. 토크쇼 반고정을 아
무나 하니? 작가하고 모녀지간으로 가자. 딸이 묻고, 엄마가 답
하고. 좋잖아? 전화 온다. 오늘부터 찍는 대로 쏴. 오케이?

기차 소리가 커서 휴대폰을 귀에 바짝 붙였던 탓에 액정
에 습기가 서려 축축했다. 소매 끝으로 액정을 닦으며 창밖

으로 눈을 주니 나무들이 줄지어 뒤로 달아나고 있었다. 나는 용석에게 미처 쓰지 못한 문자를 혼자 중얼거렸다.

난 그럴 정도로 엄마하고 친하지 않아.

자리로 돌아오니 엄마 고개가 앞쪽으로 기울어 있었다. 머리를 등받이에 기대주는데도 엄마는 깨지 않았다. 기척은 느꼈는지 코 고는 소리가 일순 끊기긴 했다. 하긴, 엄마는 〈인생 인터뷰〉 시즌 5의 여섯 번째 게스트가 되기에 결격 사유가 없었다. 오히려 적격이라 할 수 있었다. 〈인생 인터뷰〉 시즌 5의 프로그램 분석 데이터에 의하면, 게스트 나이가 칠순일 때와 팔순일 때 시청자 반응이 사뭇 달랐다. 섭외 기준을 편의상 '60세 이상'으로 정하긴 했지만 요즘 60대, 혹은 70대 초반은 외견상 대놓고 노인이랄 수 없었다. 얼굴에 주름도 별로 없고 머리도 염색이나 코팅 기술이 좋아서인지 다들 검고 윤기가 흘렀다. 그래서 시청자 게시판에는 '노인은 어디?'란 골자의 불만 섞인 후기가 빈번히 올라왔다. 게스트가 80대면 시청자들은 확실히 호의적이었고 시청률도 80대 초반일 때 제일 높았다. 여든셋. 엄마가 딱 그 연세였다.

'독특한 이력'에도 엄마는 꿀릴 게 없었다. 팔순의 단역배우가 흔치도 않을뿐더러 엄마에겐 일흔 넘어 처음 카메라 앞에 섰다는, 남다른 데뷔 스토리가 있었다. 20분짜리 단편영화지만 엄마는 엔딩 크레디트 맨 위에 이름을 올려도 보았고, 덧버선 광고에서는 여러 출연자 중 "발에서 땀이 나요!" 하고 혼자 외치는 주 모델을 맡기도 했다. 이전의 엄마 생은 배우와 실낱같은 끈도 없었다. 엄마는 자칭, '가방끈'도 짧았다. 외모도 배우 같은 특징이 전혀 없었다. 누구든 한 번 보면 쉬 잊을 얼굴이었다. 그런 엄마가 배우가 된 데는 '박수'의 역할이 컸다. 친구들과 이만 오천 원짜리 한방 삼계탕을 먹을 요량으로 엄마는 모 방송국의 교양프로 방청석에 앉게 되었다. AD의 신호대로 웃고, 손뼉 치고, 간간이 감탄사를 외친 대가로 받을 일당이 딱 이만 오천 원이었다. 다른 이들은 AD가 손뼉 치라고 신호를 보내면 손뼉을 쳤는데 엄마는 알아서 쳤다. 게스트의 이야기를 듣다가 당신이 치고 싶을 때 쳤다. 그러자 사람들이 엄마가 손뼉 칠 때 따라서 쳤다. 엄마는 박수에 진심도 담았다. 게스트가 미처 울기 전에 엄마가 먼저 울고, 게스트가 웃는 것보다 더 요란하게 웃었다. 엄마 덕에 일이 한결 수월해진 AD는 촬영 후 엄마의 전화번호를 챙겨 갔다. 그 뒤로 방청객 동원이 필요한 각종 프로그램에서 엄마에게 꾸준히 섭외가 들어왔다. 그 이야기만으로도 '단역배우 김순효 씨' 편은 대중의 구미를 당길 분량이 제법 나올 터였다.

문제는 〈인생 인터뷰〉에서 '이야기' 못지않게 중시하는 '관계'에 있었다. 〈인생 인터뷰〉는 게스트의 이야기에 등장하는 '사람'에 집중했다. 게스트와 그들 사이에 맺어진 관계…. 그래서 인터뷰어도 게스트와 어떤 식이든 '관계'가 있는 사람으로 찾았다. 질문은 전문 방송인이나 담당 PD, AD가 맡는 경우가 대부분이었지만, 가능하다면 게스트의 가족이나 지인을 가장 선호했다. '실버' 테마는 이번 시즌이 처음이라 질문자와 게스트가 모녀지간인 전례가 없었다는 사실도 황 부장이 솔깃해할 만했다. 그 또한, 엄마는 걸릴 것이 없었다. 문제는 나였다. 자리로 돌아가 나는 앞좌석 등에 시선을 박고 내내 생각했다. 내게 〈인생 인터뷰〉에 엄마와 모녀 사이로 출연할 자격이 있는지…. 최대한 빨리 다른 게스트를 찾는 것이 이 난감한 상황을 벗어날 유일한 길이었다. 왼쪽 어깨에 엄마 머리가 슬그머니 내려와 고였다. 엄마 머리를 지지하려면 어깨를 등받이에 붙여야 해서 휴대폰을 눈높이로 들었다. 그리고 정읍에서 섭외할 만한 노인을 계속 물색했다. 어느새, 곧 정읍에 도착한다는 안내 방송이 나왔다. 엄마가 물에 빠진 사람처럼 팔을 허우적거리며 잠에서 깼다. 충혈된 눈을 치뜨더니 의자에서 엉덩이를 반쯤 뗀 어정쩡한 자세로 엄마가 말했다.

— 하마, 고창에 다 왔나?

고창

기차에서 내려 고창 가는 버스로 갈아탈 때까지, 나는 엄마에게 아무것도 묻지 못했다. 우리의 목적지가 정읍이 아니라 고창이란 사실보다 그걸 용석에게 어떻게 말할지 고민하느라⋯. 엄마가 가려는 곳이 고창인지도 확신할 수 없었다. 이런 식이라면 고창에서 또 어디로 들어갈지 모를 일이었다. 어딜 가냐고 물어본들, 제대로 대답을 들을 수 있을 것 같지도 않았다. 따지고 보면 내가 오해한 것이지, 엄마가 거짓말한 것도 아니었다. 내가 어디서 '내리는지' 물었으니 정읍이라 답한 것이고, 엄마가 정읍에 간다고는 안 했으니⋯. 물을 짬도 없었다. 엄마는 정읍역에 발을 붙인 순간부터 동네 길 다니듯 몸이 날래졌다. 기차역을 나가서 어디로 가야 고창행 버스를 타는지 훤히 꿰고 있었다. 심지어 엄마는 정읍역 안에서 아는 사람도 만났다. 의자에 앉아 검은 비닐봉지 안에서 뭔가 꺼내 먹는 어르신을 보더니 다가가 잠시 정담을 주고받았다. 어르신에게 요란한 작별 인사를 건넨 엄마는 기다리고 섰던 내게 되려 빨리 가자 재촉했다.

버스터미널로 가는 길에는 빼곡하니 낡은 점포가 늘어서 있었다. 가게마다 기웃거리던 엄마는 쌀집이 나오자 반색하며 안으로 들어갔다. 가게에서 나온 엄마 손에는 검은 비닐봉지가 들려 있었다. 한참을 걷길래 그만 택시를 타자고 하려는데 눈앞에 버스터미널이 나타났다. 버스에 올라 자리에 앉기 무섭게, 엄마는 비닐봉지 안에서 무언가를 한 주먹 꺼내 입안에 털어 넣었다. 내 자리가 한 단이 높아 허리를 숙이니 엄마 어깨 너머로 내용물이 보였다. 놀랍게도, 흰쌀이었다. 엄마가 생쌀을 오도독오도독 씹는 소리가 뒤에까지 들렸다. 뒤로 고개를 반만 틀고는 씩 웃더니 엄마는 묻지도 않은 말에 대답했다.

– 그 냥반이 찐쌀을 을매나 맛나게 먹든지….

엄마가 고개 돌려 똑바로 앉으면서 나는 엄마 뒤통수를 마주했다. 엄마의 뒤통수는 내 평생 한 번도 와본 적 없는 정읍이며 고창으로 날 끌고 다니면서 그 모든 경로며 가는 이유를 다 설명해 줬다고 여기는 듯했다. 도대체 어딜 가는 거냐고 물었다가는 말해줬는데 왜 자꾸 묻냐고 성낼 것 같았다. 그래서 어딜 가는 거냐고 묻는 대신 최종 목적 지가 고창은 맞냐고, 엄마 귀에 입술을 디밀며 물었다. 엄 마는 쌀을 한 움큼 또 입에 넣으려 젖히려던 고개를 앞으 로 끄덕였다. 나는 백팩 주머니에서 휴대폰을 꺼내 등받이 에 깊게 기댔다. 순간 덜컥, 뒷바퀴가 돌멩이에라도 걸렸는 지 의자에서 엉덩이가 떼질 정도로 버스가 요동쳤다. 휴대 폰을 쥔 손에 힘을 주고 용석에게 문자를 찍는데 손가락이 다 떨렸다.

- 용, 어쩌냐.

- 아, 뭐, 왜, 또.

- 정읍도 아니래.

- ???

- 고창이래. 엄마 가는 곳이.

- 넌 어딘지도 모르고 따라가는 거야?

- 응.

- 근데 고창이 뭐? 뭐가 문제야?

- 고창은 엄마하고 아무 연고가 없어. 고창 소린 한 번도 들은 적 없거든.

- 아까 정읍은 무슨 연고가 있었나?

- 지금이라도 빨리 대구로 인턴 보내. 그게 낫겠어.

- 인턴 같은 소리 하고 있네. 지금 여기, 인턴 사돈의 팔촌까지 다 동원했어. 그놈의 스니커스 광고, 또 탈 났다. 모델 바꿔서 다시 가자네. 너도 알다시피 고정에 특집 방송도 두 개나 걸렸는데. 답 없어. 고창에서 그냥 찍어.

- 고창엔 그냥 볼일 보러 오신 거 같다니깐.

- 무슨 볼일?

- 나도 모르지.

- 됐네, 그럼.

- 뭐가 돼?

- 지금부터 알아봐. 어머니께 물어보라고. 그게 우리 방송 콘셉트잖아. 질문!

고창에 도착해서도 엄마는 거침이 없었다. 마치 고창에서 나고 자란 듯 두리번대는 일도 없었다. 몇 보 앞에서 걸으며 방향을 꺾어야 할 때면 손을 들어 자동차 깜박이 켜듯 그편으로 손목을 꺾었다. 모퉁이를 몇 개 돌자 탁 트인 길과 함께 태극기와 갖가지 깃발이 내걸린 군청 건물이 나왔다. 그 앞쪽으로 독특하게도, 상가들이 원형으로 모여 있었다. 일요일이라 문을 닫은 곳이 태반이었고 차도며 인도가 한산했다. 엄마는 뉴요커처럼, 빨간색 신호등인데도 아랑곳없이 건널목을 건넜다. 나도 모르게 따라 건너려다 저만치서 달려오는 차가 보여 급히 뒷걸음쳤다. 길 건너 '행복 부동산' 앞에 선 엄마는 나를 향해 팔을 흔들어 보이고는 등 돌려 안으로 들어갔다. 보행신호가 떨어졌지만 나는 길을 건너지 않고 가방에서 카메라를 꺼내 들었다. 군청 건물부터 빙 돌아가며 고창 시가지 전경을 찍었다. 성근 나뭇가지 사이로 부는 바람에 머리카락이 날려 카메라 렌즈를 가렸다. 바지 주머니에서 얼른 고무줄을 꺼내 머리를 묶었다. 다시 뷰파인더를 들여다보니 자전거를 타고 지나던 중년 남자가 들어왔다. 남자가 카메라를 향해 손을 흔들었다. 일반 카메라가 아님을 알아본 듯했다. 나는 멀어져 가는 남자의 등을 롱숏으로 담았다. 시골도 아니고, 그렇다고 분주한 도시라고도 할 수 없는 고창 시가지는 다분히 이국적인 데가 있었다. 위압적으로 높은 빌딩도 없어 내가 살던 뉴저지의 작은 타운과 비슷했다. 대도시에 이렇게 누군가를 향해 손 흔드는 사람이 있던가….

손짓으로 카메라를 가방에 넣으며 길을 건넜다. 부동산 문을 열고 들어서니 벌써 볼일을 끝냈는지 엄마가 자리에서 일어서는 참이었다. 엄마는 '최 사장님'에게 고맙다는 말을 연거푸 했다. 날 보더니 엄마는 들어올 필요 없다는 듯 양손을 흔들어 새 쫓는 시늉을 했다. 최 사장이 나를 보고 뭐라 말하려는데 엄마가 또 고개를 조아리며 고맙다고 했다. 은혜를 꼭 갚겠다는 말까지 했다. 최 사장이 양손을 앞으로 모으고는 같이 허리를 숙였다.

최 사장은 바깥까지 배웅 나와 우리하고 몇 걸음을 같이 걸었다. 그만 들어가라며, 엄마가 이번에는 최 사장을 향해 새 쫓는 시늉을 했다. 최 사장이 등을 돌리고 나는 돌아섰는데 엄마는 그대로 서 있었다. 최 사장이 사무소 안으로 들어가 문을 닫는 것까지 지켜본 뒤에야 엄마는 움직이며 또 다른 건널목을 건너자고 했다. 엄마의 다음 목적지는 법무사 사무소였다. 문을 열고 들어가니 젊은 여직원이 우리를 보고 황급히 자리에서 일어섰다. 허리를 조아리며 "어쩌죠" 하는 소리부터 했다.

- 일요일이 좋다고 하셔서 법무사님이 오늘로 잡은 건데, 어쩜 좋아요. 출근하셨는데 요양원에 계시던 어머님이 점심 무렵에 돌아가셨다고 연락이 와서 나가셨어요. 화요일에나 오실 수 있을 것 같아요.

엄마는 여직원과 두 손을 맞잡고 '우야꼬'를 연발했다. 법무사의 모친이 돌아가신 데 대한 애도의 발로인지 법무사를 만날 수 없게 된 것에 대한 실망 표출인지는 알 수 없었다. 반복되는 '우야꼬'의 톤이 다른 걸로 보아 둘 다인 것 같기도 했다. 여직원은 엄마에게 몇 번이나 전화했는데 연결이 안 돼 문자로 남겼다며 확인해 보라 했다. 엄마는 부리나케 가방에서 휴대폰을 꺼내 보더니 배터리가 간당간당해 꺼두었다는 걸 그제야 알고는 그때까지 낸 소리 중에 가장 크게 "우야꼬!" 했다. 엄마가 여직원에게 물어볼 게 있다고 잠시 기다리라더니 나를 문 쪽으로 데려갔다. 떼밀리듯 밖에 나가 서니 엄마가 문에서 몸을 반만 빼고 건너편 골목길을 가리켰다. 그리로 들어가면 바로 나오는 국숫집에 엄마가 일 보는 동안 가 있으라고 했다.

— 국수를 먼저 시켜서 먹고 있든가 해라. 그 집이 국물 맛도 끝내주고, 양도 많아서 한 대야는 줄 끼다.
— 그럼, 나중에 하나만 시킬까?
— 치아라 마. 사람이 둘인데, 정 없꾸로.

국숫집으로 가기 위해 나는 사선으로 난 작은 건널목을 건넜다. 골목으로 들어가려다 뒤돌아 엄마를 불렀다. 문에 붙어서 이쪽을 보고 있던 엄마가 고개를 길게 뺐다. 내가 손을 둥글려 메가폰 삼아 입에 대고 말했다.

– 숙소느은? 어디 잡아놓은 곳이 있는 거야아?

– 뭐라카노, 그런 건 젊은 니가 해야제.

엄마는 또 새 쫓듯 손을 흔들고는 문 안으로 사라졌다. 골목으로 들어가 가게 서넛을 지나니 붉은 글씨로 '국숫집'이라고만 덜렁 쓰인 간판이 보였다. 문을 미는데 도통 열리지 않았다. 문에 달린 격자 유리창으로 보니 사람은 있었다. 주인인 듯한 아주머니가 안에서 문을 열어주었다. 요즘 보기 드문 미닫이문…. 자리 잡고 앉으니 뭘 시키겠냐고 물어와 일행이 오면 같이 하겠다고 말했다.

– 서울 분인갑네요이?

별로 어렵지 않은 질문에 나는 대답을 바로 하지 못했다. 부산에서 살다가 서울로 이사 갔고 또 미국에서 살다가 지금은 서울보다 경기도라 하는 게 더 적절한 곳에 살다 보니…. 태어난 곳이 어딘지 모르는 나로서는 그래도 고향이 어디냐는 질문보다는 나은 축이었다. 대답 대신 웃음으로 무마했지만 타이밍도 그렇고, 좀 의뭉스러워 보인대도 할 말은 없었다. 북에서 왔냐고 물은 것도 아닌데…. 한쪽 어깨에 수건을 걸치고 국수를 한 젓갈 뜨던 옆자리 남자가 구

세주처럼 나섰다.

─ 요즘은 애고 어른이고 천지가 서울 사람맨치로 허고 댕기는디 아짐씨는 고걸 워찌케 알아본다요?

아주머니가 코미디언을 흉내 내며 "척 보면 앱니더" 하자 옆자리에 동석한 초로의 남자 둘이 동시에 웃음보를 터뜨렸다. 무안함도 가릴 겸, 좀 전에 찍은 영상을 살펴보려 가방에서 카메라를 꺼냈다. 트라이포드를 펴서 카메라를 탁자 위에 올리니 물컵을 내려놓던 아주머니가 유심히 쳐다보았다.

─ 워매, 유튜브 하시는갑네.

유튜버는 아니지만, 영상 찍는 일을 하는 건 맞아서 나는 아니라고 또 바로 대답하지 못한 채 이번에도 웃음만 흘렸다. 수건을 걸친 남자가 반색하며 나섰다.

─ 워매 인자 요 집도 대한민국 사람들 떼로 몰려오게 생겨부렀구먼. 거시기, 그 장어집 박 씨는 유튜브에서 댕겨가불고 장어가 읍써서 못 판대잖여.

아주머니가 손뼉을 한 번 크게 치더니 잘 부탁한다며 내게 꾸벅, 허리를 숙였다. 나는 부리나케 의자에서 엉덩이를 들었다. 저는 유튜버가 아니라 프로덕션 작가예요, 하고 실상을 말하기에는 타이밍이 한참 어긋나 보였다. 아주머니는 손뼉을 한 번 더 치면서 이왕이면 잔치국수 말고 '때깔 쥑이는' 김치국수를 시키라고 권해왔다. 동행이 오면 상의해서 주문하겠다고 하니 아주머니는 전이라도 먼저 부쳐 내올 양이라며 상기된 낯빛으로 주방을 향해 종종걸음쳐 갔다. 수건 걸친 남자를 마주하고 앉은 다른 남자가 국수를 먹다 말고 카메라를 자꾸 힐끔거렸다. 급기야 젓가락을 내려놓으면서 건너편 남자에게, '막둥이눔이 허러는 공부는 안 해불고 유튜브를 하겠다고 설쳐쌓는다'고 큰 소리로 말했다. 탁자 위에 수저를 챙겨놓던 나하고 얼핏 눈이 마주치자 이 순간을 기다렸다는 듯, 남자가 입안의 국수를 급히 씹어 삼키더니 말했다.

– 거시기, 나가 쪼까 궁금해서 그라는디요, 그 카메라는 월매나 하는감요?

입으로는 "너는 싸가지 없게 왜 그런 걸 물어쌌냐?" 하면서 수건 걸친 남자도 신중한 눈빛으로 카메라를 쳐다보았다. 일반 카메라보다 조금 더 비싸요, 라는 내 대답에 남자들은 궁금증이 조금도 해소되지 않았다는 표정을 나란히 지었다. 나 역시 카메라의 정확한 가격을 알지는 못해 휴대폰으로 모델을 찾아 가격을 보여주는 방법을 택했다. 내가 내민 휴대폰에서 가격을 확인한 두 사람이 휘둥그레진 눈으로 서로를 마주 보았다. 쌀과 배추 수확량으로 카메라 가격을 실감해 보려는 대화가 두 사람 사이에 오갔다. 유튜브를 하면 한 달에 얼마나 버는지, 그게 장차 '막둥이눔' 직업으로 장래성은 있는지…. 아무래도 그런 질문이 이어질 분위기라 내가 유튜버가 아니라는 사실을 드디어 밝히려는데, 가게 미닫이가 요란하게 열리면서 엄마가 들어섰다. 엄마가 내 앞에 와 앉자 두 남자는 몸을 돌려 다시 젓가락을 들었다. 한 남자가 헛기침 끝에 주방을 향해 소리쳤다.

– 아짐씨, 여기 술전은 언제 나오는겨?

두 손에 접시 두 개를 받쳐 들고 다가오던 아주머니를 엄마가 돌아보며 알은체했다. 아주머니는 빈 테이블에 접시를 내려놓고 뛰어와 엄마 손을 덥석 잡았다. 왜 이렇게 오랜만에 왔느냐는 아주머니도 그동안 별고 없었냐고 묻는 엄마도 울 것 같은 얼굴을 했다. 엄마가 나를 딸이라고 소

개하자 아주머니는 나를 방금 처음 본 듯 또 허리를 접었
다. 다시 일어나려는 나를 아주머니가 억센 힘으로 눌러 앉
혔다. 아주머니는 접시 하나를 남자들 쪽에 놓아주고 다른
하나는 우리 자리로 가져왔다. 고추를 많이 넣은 부추전이
었다. 건너다보니, 남자들 쪽에 놓인 것도 같았다. '솔전'은
부추전의 전라도식 이름인 듯했다.

― 화면빨 잘 받으라고 삘건 고추도 옴팡지게 너부렀어라.

남자들이 이쪽을 빤히 쳐다보는 모양새로 보아 내가 뭘
하기를 기다리는 눈치였다. 영문 모르는 엄마가 고개를 좌
우로 돌리며 흘끔거렸다. 아주머니가 슬며시 내 카메라를
가리켰다. 그와 동시에, '큐' 신호라도 받은 듯 내가 반사적
으로 카메라를 켜 부추전에 들이댔다. 두 남자는 자리에서
일어나 아예 우리 탁자로 와 섰다. 한 남자가 솔전은 손으
로 찢어 먹어야 제맛이라 하자 다른 남자가 솔전에 김치를
돌돌 싸 먹으면 더 맛있다며 '먹방' 훈수를 두었다. 아직 돌
아가는 상황을 미처 파악하지 못했을 엄마도 거들고 나섰
다. 먹방에는 먹는 사람이 빠지면 안 된다며 젓가락을 챙겨
든 것이다. 흥이 오를 대로 오른 아주머니와 두 남자가 엄
마 말에 와자하니 맞장구쳤다. 나는 카메라를 줌아웃해서

엄마를 프레임에 넣었다. 엄마가 솔전을 손으로 들어 한 귀퉁이를 길게 찢은 뒤 김치를 한 점 올려 말았다. 그러고는 카메라 렌즈에 그걸 가까이 가져왔다가 크게 벌린 입 안에 집어넣었다. 오물오물 음식을 씹으면서 엄마가 엄지를 치켜들었다.

그 뒤로 같은 동작을 두어 번 반복하는 동안, 엄마는 손짓발짓 동원해 이 집 솔전에 아낌없는 칭찬을 늘어놓았다. 카메라를 끄자 숨죽이고 지켜보던 이들이 일제히 엄마에게 박수를 보냈다. 딱 배우같이 잘한다며…. 그 말을 그냥 넘길 엄마가 아니었다. 엄마가 당신은 배우 '같은' 게 아니라 '진짜' 배우라며 데뷔 경위를 풀어놓고 두 남자가 의자까지 당겨와 자리 잡고 듣는 사이, 아주머니가 김 오르는 김치국수를 내왔다. 이번에는 국수 먹방 촬영이 시작되었다. 남자들은 자기 자리에서 국수가 불어터지든 솔전이 식어빠지든 아랑곳없이 내내 붙어 구경했다.

촬영이 끝나자 두 남자는 찍은 게 언제 어디서 방송되냐고 한목소리로 물었다. 나는 나중에 문자로 알려주겠다 하고 아주머니의 휴대폰 번호를 받았다. 주방에서 남몰래 막걸리라도 한잔 걸친 듯 얼굴이 발그레해진 아주머니가 방송 시점을 또 물었다. 나는 '편집되는 대로 곧'이라고 대답했다. 의도치 않게 시작된 거짓말은 도무지 끝날 기미가 없었다. 전화번호를 적은 종이를 받아드는데 귀밑이 후끈거렸다. 거짓말이 거짓말을 낳는 동안 처음의 거짓말이 점차 참말처럼 되어갔다. 이참에 나도 유튜브를 시작해 볼까, 하는 생각이 든 걸 보면….

아주머니는 음식값을 안 받겠다고 극구 사양했다. 옆에서 남자들도 유튜브하는 사람한테는 오히려 돈을 줘야 하는 거라며 만류했다. 실은 유튜버가 아니라고 털어놓기 딱 좋은 타이밍이었는데 또 엄마 때문에 못 했다. 엄마가 내 손에서 돈을 채듯 가져가 아주머니 손에 쥐여준 것이다. 아주머니는 아까보다 더 얼굴이 붉어지며 방송될 때 꼭 미리 알려달라고 다시금 당부했다. 작별 인사를 건네는데 먼저 문 쪽에 가 있던 엄마가 날 겨냥해 큰 소리로 말했다.

─ 니, 언제 우투부 시작했드나? 그란데 내한테 와 말을 안 했드노?

한옥

이름에는 '호텔'이 들어가 있었는데, 와서 보니 호텔보다는 모텔에 가까웠다. 주인으로 보이는 중년 여자가 엄마를 의식해 뜨끈한 온돌방이 있다고 강조했는데 엄마가 침대방을 원했다. 엄마는 스카프며 양말을 벗고 침대에 큰대자로 드러누웠다. 나는 짐을 대충 풀어 속옷을 챙겨 들고 욕실로 들어갔다. 샤워하고 드라이기로 머리를 말리고 나오니 엄마가 침대 끝에 걸터앉아 있었다. 다시 스카프도 매고 양말도 신은 채였다. 엄마가 손에 든 것을 내밀어서 보니, 내 휴대폰이었다.

－ 용석이라 카데. 고등핵교 때부터 니 따라댕기던 그 머스마 맞제? 인자는 느그 회사 사장이고…. 남자가 참, 곰살맞드라.

- 남의 전화를 왜 받아. 그냥 두지.

- 급한 전화면 우야노. 일하는 사람을 요래 잡아 왔는데…. 고마, 급한 전화 맞드마는! 니한테 단디 전하라 카데. 그 냥반은 회의 들어간다꼬….

- 뭐랬는데?

- 빨리 짐 싸서 여서 나오라 카데? 농장 가서 한옥에서 자라 카드라. 빼빼로, 빼빼로 카믄서.

도통 앞뒤 분간 못 할 소리에 휴대폰을 받아 걸려온 전화번호를 확인했다. 용석에게서 온 게 맞았다. 바로 전화를 거니 벨 소리 한 번에, 전화를 받을 수 없다는 자동 메시지가 떴다. 그사이 용석에게서 따로 들어온 문자는 없었다. 용석에게 전화했냐고 문자로 물었다. 장문의 답이 온 건 20분 정도 지난 뒤였다.

- 어머님껜 말씀드렸는데, 혹시 몰라 회의 중에 문자로 남긴다. 장 피디 형님이 하는 허브 농장 있지? PPL 이야기가 몇 번 나왔잖아. 그게 고창이었대. 오늘이나 내일 바로 찍자네. 거기 민박용 한옥이 딸려 있는데 그걸 PPL로 하고 싶대. 뭐가 고장 나서 손님은 안 받는다지만 촬영엔 지장 없잖아. 세팅은 완벽하게 해놓겠대. 거기서 자면서 밤 풍경도 찍어. 노인 테마에 한옥이면

환상의 조합이잖아! 황 부장 입이 귀에 걸렸다. 세상천지에 광고까지 물어오는 외주사가 어딨냐! 너 오면 한턱 쏜댄다! 장 피디 형수 전화번호 찍어줄게. 우리, 이 작가님, 홧팅!

긴 한숨이 뿜어져 나왔다. 졸지에 PPL 촬영을 떠안았다는 부담 때문이 아니었다. 장소 PPL은 뜬금없는 스토리를 욱여넣어야 하는 제품 촬영보다 한결 수월하다 할 수 있었다. 내용은 건드리지 않고 본 촬영 시 배경 세팅에 변화를 주는 식으로 커버할 수 있을 터였다. 문제는 '단역배우 김순효 씨' 편 촬영을 내가 추진하는 걸로 용석이 단정하고 있다는 데 있었다. 밤에 추울까 봐 여분의 이불까지 챙겨준 모텔 주인에게 여길 나간다고 말하게 생긴 것도 마음에 걸렸다. 이미 샤워까지 한 마당에…. 침대에서 늘어뜨린 발을 그네처럼 흔들며 엄마가 물었다.

─ 그 냥반이 빼빼로 해쌓던 게 뭐꼬?
─ 빼빼로가 아니라 피피엘.
─ 그기 뭐꼬?
─ 광고잖아, 간접광고.
─ 아, 삐삐알을 그 냥반이 빼빼로, 빼빼로 캤드나? 낸 또 뭐라 칸다꼬.

* * *

택시가 농장 정문을 제대로 찾지 못했다. 장 피디 형수 번호로 전화했지만, 연결이 되지 않았다. 택시 기사가 어림짐작으로 내려준 곳에서 허브 농장 현판이 세워진 입구까지는 다행히 과히 멀지 않았다. 엄마는 놀이동산 앞에 선 아이처럼 손뼉을 다 쳤다. 드넓게 펼쳐진 농장 안쪽으로 전면이 통유리라 안이 훤히 들여다보이는 카페가 먼저 눈에 들어왔다. 한옥은 오른쪽에 있었다. 게이트 같은 게 있지는 않았지만, 놀이동산처럼 바깥 현실과 조금 다른 공간으로 입장하는 느낌이 들긴 했다. 입구로 들어서자 개집에서 크고 하얀 진돗개 두 마리가 튀어나왔다. 목줄에 묶인 몸을 버둥거리며 개들이 요란하게 짖어댔다. 나는 등에 멘 백팩을 얼른 앞으로 가져와 다리를 가렸다. 그러는 새, 엄마는 카페 쪽으로 거침없이 걸어갔다. 내가 다급히 부르자 엄마가 뒤돌며 새 쫓듯 흔들던 손을 이번엔 반대 방향으로 흔들었다. 있는 가방을 죄 동원해 몸을 가리느라 어정거리며 걷는 나를 향해 개들이 낮도둑 본 듯 발작적으로 짖었다. 앞치마를 두르고서 탁자를 닦던 젊은 여자가 카페 안에서 우리를 보더니 잰 몸짓으로 문을 열고 나왔다. 그제야 개 짖는 소리가 그쳤다.

장 피디 형수는 용석에게서 미리 들은 게 있는지, 나하고 동갑내기라며 자신을 그냥 '은희 씨'로 부르라 했다. 엄마는 인사를 건네는 초면의 은희 씨를 미국식으로 끌어안았다. 은희 씨는 PPL로 촬영할 한옥에 먼저 가보자며 앞장섰다. 우리가 걸음을 떼는데 개들이 다시 짖기 시작했다. 이번에는 주인의 눈치를 보는 듯 아까처럼 몸부림을 치지는 않았다. 은희 씨가 한쪽 팔을 들어 보이자 대번에 짖기를 멈추더니 빳빳하게 세웠던 꼬리를 프로펠러 돌리듯 현란하게 흔들었다. 걷다 보니 잔디밭이 끝나고 자갈길이 시작되었다. 스니커즈를 신었는데도 발이 자꾸 삐끗했다. 엄마는 은희 씨와 도란도란 대화를 나누며 무릎 아픈 사람 같지 않게 사뿐히 앞질러 갔다. 은희 씨가 내 쪽으로 고개를 돌리고 말했다.

– 어르신하고 작가님이 모녀 사이로 출연하신다죠? 멋지세요.

그 말의 뜻을 알 리 없으면서 엄마가 "아유, 뭘요" 하며 손을 흔들었다. 한옥 쪽마루에 짐을 올려놓고 안으로 들어가니 곧바로 부엌 공간이 나왔다. 엄마는 바깥에 서서 한옥 전경을 둘러보았다. 옆에서 들을 사람도 없는데 손가락으

로 지붕 쪽을 가리키며 짧은 감탄사를 뱉기도 했다. 부엌에
는 과하다 싶게 큰 식탁과 긴 의자가 놓여 있고 벽 쪽으로
싱크대와 냉장고가 있었다. 냉장고 옆으로 난 문을 여니 고
풍스러운 서랍장과 이불이 놓인 방이 나왔다. 반대편에 붙
은 문을 열면 또 다른 방으로, 그 방 반대편 문을 열면 또
다른 방으로 이어졌다. 복층식으로, 위쪽에는 다락처럼 보
이는 작은 방도 있었다. 부엌을 제외하고 방이란 방은 모두
천장이 낮아 여자치고 키가 큰 은희 씨는 허리를 완전히 펴
지 못하는 것 같았다.

— 여기가 백 년도 훨씬 넘은 집이래요. 농장 땅을 살 때
부터 있었죠. 지체 높은 양반댁이었다는데 여기 말고도 바
깥에 여러 채가 있었대요. 지금은 다 헐리고 이것만 남았고
요. 조상님들은 인심이 좋았나 봐요. 나그네가 들르면 이곳
에 묵게 해줬다네요. 방 두 개를 개조해 주방으로 만들었
죠. 부엌이랑 욕실만 고쳤고 나머지는 모두, 백 년 전 그대
로랍니다. 그런데도 멀쩡하죠?

부엌으로 돌아와 보니 엄마가 식탁의 나뭇결을 손으로
신중하게 쓸어보고 있었다. 통나무를 손질하지 않고 반으
로 갈라 그대로 눕히기만 한 거라며 은희 씨가 뿌듯한 표정

을 지었다. 허리를 숙여 아래쪽을 보니, 과연 거친 나무 외피 그대로였다. 은희 씨 앞치마 주머니에서 휴대폰 소리가 울렸다. 통화 좀 하고 오겠다며 은희 씨가 다른 방으로 갔다. 엄마는 식탁 의자에 앉고 나는 한옥 내부를 찍어보려 카메라를 꺼내 세팅하기 시작했다.

　– 아까 느이 사장도 그라고, 저 사장님도 그라고, 내보고 촬영이 어쩌고 하는 기 뭐꼬? 자꾸 내가 뭐를 찍는다 카든데?

　– 그게…. 아직 확정된 건 아니야.

　– 뭘 찍는 긴데?

　– 내가 대본 쓰고 있는 프로.

　– 인생 인따부?

　– 뭔지 알아?

　– 그걸 내가 와 모르노. 안 빠뜨리고 챙겨 보는구마는.

　– 그걸 뭐 하러 봐.

　– 옴마야, 딸이 맹그는 뿌로를 안 보면 뭘 보는데? 요새는 노인네들 나오더구만. 양봉 할매 나오는 건 재방송까지 봤데이.

　– 그건 내가 쓴 거 아니야.

　– 뭐라카노. 내가 니 이름부터 챙겨 보는데! 이경주 작가!

엄마가 손에 들고 있던 휴대폰으로 부리나케 지난 방송
분을 찾는 사이, 나는 내 것을 들고 쪽마루로 나갔다. 거기
서도 엄마에게 소리가 들릴 것 같아 마루에서 내려서서 신
을 신었다. 자갈길로 올라서는 나를 보고 개들이 다시 짖기
시작했다. 한쪽 귀를 막고 집 뒤쪽으로 걸으면서 용석에게
전화를 걸었다. 용석은 여전히 전화를 받지 못했다. 대신,
문자가 왔다.

　－ 지금 촬영 중. 농장에 도착?

　－ 응. PPL 영상은 몇 개 떠 갈게. 나중에 다른 데 넣든지 해. 고
창 일은 진행 못 해. 여긴 엄마하고 아무 연고도 없고 그저 서류
몇 장 떼러 오신 것 같아. 이걸론 이야기 못 만들어. 알잖아.

　－ 딸하고 여행 가신 걸로 하면 되지 그럼. 모녀 여행기 같은 거.

　－ 그냥 못 하는 걸로 해.

　－ 황 부장한테는 뭐라 그러고.

　－ 난 계속 못 한다고 했어. 네가 밀어붙인 거니까 알아서 해.

　－ 경, 그럼, 6회 펑크야.

　－ 정 안 되면 엄마 혼자 여기서 일 보시라 하고 내가 대구에 가
야겠지. 그렇게 해?

　－ 거기도 섭외가 컨펌된 건 아니야. 걍. 그냥 가자.

　－ 용석아.

- 왜.

- 내가 이 말은 안 하려고 했어.

- 뭔데, 무섭게.

- 아무한테도 말한 적 없어. 인철 씨 외엔.

- 뭔데, 진짜 무섭게.

- 근데 너한테 해야 할 것 같다.

- ???

- 나, 우리 엄마 친딸 아니야.

상대가 읽었다는 표시로 말풍선 옆 숫자가 사라졌지만, 용석은 그 뒤로 아무 말이 없었다. 나는 대꾸 없는 문자창을 노려보며 가만히 있었다. 개 짖는 소리가 들리지 않았다. 한옥 뒤에서 몇 걸음 나와서 보니, 그새 무슨 심경의 변화라도 있었는지 개들이 날 보고 혀를 빼문 채 꼬리를 흔들었다. 저만치서 저녁 햇빛이 카페 통유리에 닿아 프리즘을 통과한 듯 색색의 빛깔을 드리웠다. 코끝을 간질이며 지나는 바람에서 낯익은 향이 났다. 햇빛 따사로운 날, 녹음 짙은 숲속에서나 맡을 수 있는 샌달우드 향…. 인철이 쓰는 향이었다. 내가 엄마의 친딸이 아니라고 말했을 때 인철은 놀라거나 당황하는 기색이 없었다. 그저 조금 웃는 얼굴로 내 몸을 당겨 안아주었다. 인철의 가슴에 귀가 바짝 대어지니 말소리가 그 심장에서 들리는 것 같았다. 인철의 프러포즈를 받아들이기로 마음먹은 게 그때였다.

용석에게서는 여전히 문자가 오지 않았다. 휴대폰을 바지 주머니에 집어넣는데 실없이 웃음이 나왔다. 가던 길에서 벗어난 바람 한 줄기가 돌아 치면서 머리칼을 휘감았다. 경주야, 그럼 어때서 그래. 친딸이 아니면 어때서…. 그때 인철이 했던 말이 바람 소리에 실려 실제로 들리는 것 같은 착각이 일었다. 눈을 덮은 머리칼을 떼내는데 인철의 프러포즈에 "Yes"라고 할 때처럼 내 안에서 어떤 선명한 결심 같은 게 일어섰다. 〈인생 인터뷰〉 시즌 5의 여섯 번째 에피소드로 '단역배우 김순효 씨' 편을 진행해 보자고…. 단, 모녀지간이 아닌 구성작가와 게스트로…. 한기가 드는지 일순, 부르르 떨려 양팔로 얼른 몸을 싸안았다.

* * *

한옥으로 다시 들어가니 엄마가 보이지 않았다. 엄마는 화장실 건너편 방에 있었다. 그 방은 나도 몸이 굽어질 정도로 천장이 유난히 낮았다. 엄마는 양반다리를 하고서 손이 시린 사람처럼 다리 아래 손을 끼우고 앉아 있었다.

– 난 여기서 잘란다. 여기가 내 방이데이.

내가 뭐라 대꾸하려는데 방문 뒤에서 은희 씨 고개가 빼꼼 들어왔다.

– 어르신, 여긴 이 집에서 제일 작은 방이에요. 불편하실 텐데 큰방으로 가세요. 거긴 문 열면 마루라서 바깥이 보이지만 여긴 밖으로 통하는 문도 없고 쪽창뿐인데요.

그래도 엄마는 수줍은 듯 고개를 가로저으며 뜻 모를 미소만 지었다. 나는 은희 씨에게 밖으로 나가 농장 입구부터 한옥까지 들어오는 경로를 훑으며 찍자고 했다. 은희 씨는 홍보업체에서 미리 촬영한 사진과 영상이 있다며 그걸 먼저 보자 했다. 카페에 있는 노트북을 가져오겠다며 은희 씨가 방을 나가자 엄마는 간신히 참았다는 듯 대번에 스카프로 눈을 비볐다. 자주 그렇듯, 안구건조증 때문이려니 하고 나는 손에 든 카메라를 살폈다. 숨을 한번 크게 들이쉬더니 엄마가 벌게진 눈으로 말했다.

– 내가 소싯적에 살던 집하고 똑같데이. 우째 이리 똑같을꼬. 아까 큰방, 봤드나? 문 위에 흑백사진을 모아다가 붙

여놓은 것도 똑같데이. 고창에 수태 왔는데 우예 이런 집이 있는 걸 몰랐을꼬.

말하다 말고 목이 메는지 엄마가 침을 한번 크게 삼키고는 방바닥을 손으로 천천히 쓸었다. 누런 종이 바닥 한쪽으로 구들에 탄 것 같은 자국이 있었다.

— 여 봐라, 처녀 적 내 방도 이랬데이. 희한하제.

나는 그런 엄마를 내내 촬영하고 있었다. '단역배우 김순효 씨' 편을 진행하기로 마음먹은 이상, 프로 정신을 발휘할 시점이었다. 이제부터는 엄마가 하는 말이며 동작을 카메라에 소상히 담을 필요가 있었다. 어떤 말과 어떤 행동이 방송에서 유효하게 쓰일지, 촬영하는 순간에는 알 수 없는 일이었다. 지금처럼 사소한 순간도 나중에 보면 전체 스토리 맥락에 기여하는 중요한 피스가 되기도 했다. 카메라 뷰파인더 안에서 엄마가 나를 쳐다보았다. 나는 뷰파인더에 시선을 고정한 채, 엄마가 〈인생 인터뷰〉 시즌 5의 여섯 번째 게스트가 되었다고 말했다. 인터뷰는 담당 구성작가인 내가 할 것이고 엄마는 질문에 성의껏 답해주면 된다고 했다. 엄마의 대답을 표정으로 읽으려 카메라 초점을 엄마 얼굴에 맞추고 줌인해 들어갔다. 고령에다 무릎에 탈이 나면서 방송이며 영화에서 출연 섭외가 끊긴 지 한참이라 대번에 반길 줄 알았는데 엄마는 뭔가 생각하는 듯 말이 없었다. 그제야 나는 방송 제작에서 가장 중요하다 할 절차를 건너뛰었다는 사실을 깨달았다. 출연자에게 출연할 의사가 있는지 먼저 물어봐야 했다. 엄마가 안 하겠다고 하면 제아무리 용석이 밀어붙인들 성사될 수 없는 일이었다.

— 작가님, 식사부터 하실까요? 비빔밥을 준비했는데, 괜찮으세요?

은희 씨 목소리였다. 부엌으로 가니, 은희 씨가 스테인리스 대접 두 개를 들고 서 있었다. 내가 급히 대접을 받아 들었다. 따라 나온 엄마는 비빔밥을 보고는 입이 딱 벌어져 고맙다는 말도 제대로 못 했다. 은희 씨는 카페에 손님이 있어 다시 가봐야 한다며 식사 후 카페에서 만나 홍보 자료를 검토하자고 했다. 은희 씨가 나간 뒤, 엄마는 대접을 번쩍 들어 마루로 내갔다. 넓은 부엌을 놔두고 굳이 좁은 마루에 앉아 밥을 먹자고 했다. 언제 봤는지, 엄마는 냉장고 옆에 조그만 접이식 밥상이 있다는 것도 알았다. 이미 바깥이 어둑한데 마루에는 따로 등이 없어 대신 부엌문을 열어

두어야 했다. 엄마가 밥을 비비자 그릇에 숟가락 부딪는 소리가 요란했다. 고추장 양념을 입어 벌게진 밥을 한 숟가락 크게 떠 입안에 넣으려다 말고 엄마가 나를 쳐다보았다.

– 니 뭐 하노? 촬영 안 하나?

나는 뭘 훔치다 들킨 사람처럼 튕기듯 일어나 안으로 들어갔다. 카메라를 들고나오니, 엄마 손에 아직 밥을 비비지 않은 내 숟가락이 들려 있었다. 엄마는 숟가락 뒷면을 거울로 삼아 머리도 매만지고 이를 비춰보기도 했다. 곧 비빔밥을 먹을 텐데 '루주'를 달라고 했다. 자연스럽게 보이는 편이 더 좋다고 하니 입술끼리 비벼 혈색이 돌게 했다. 부엌 한쪽에 있던 라면 상자를 들고나와 카메라를 올려 고정하고 녹화 버튼을 누르려는데 엄마가 급히 손을 내저으며 말했다.

– 내가 어데를 보면 되노. 카메라를 보고 말하나, 니를 보고 말하나?

따지고 보면, 방송 경력이 나보다 엄마가 더 길었다. 제작진인 내가 출연자인 엄마에게 시선 처리에 관해 먼저 짚어줬어야 했다. 나는 처음부터 다시 시작하는 자세로, 프로그램에 임하는 요령을 엄마에게 하나하나 짚어주었다. 카메라는 의식하지 말고 나를 보면서 말하되, 나를 딸이 아닌 작가로 대할 것, 그래서 나를 불러야 할 일이 있으면 '작가님'이라고 할 것, 내 이름을 부른다거나 반말하지 않게 조심할 것.

엄마는 처음 말 배우는 아이처럼 내가 하는 말을 한마디씩 복창했다. 맡은 역에 관한 모든 것을 소상히 알아야 완벽하게 연기할 수 있다고 믿는 노장 배우처럼…. 엄마는 이게 라이브가 아니라 녹화이며 차후 편집 과정이란 게 있어 촬영 도중에 '에누지'가 나더라도 다시 찍을 수 있다는 것까지 알고 있었다.

비빔밥을 먹는 장면은 아무래도 통편집될 것 같았다. 대본이 없어 머리로 질문거리를 만들고 있는데 공백을 참지 못한 엄마가 먼저 말하기 시작했다. 〈인생 인터뷰〉의 취지나 콘셉트하고는 거리가 멀다 못해 하등 상관없는 내용이었다. 비빔밥에 들어간 나물의 영양 가치와 올바른 조리법 등, 유튜브 먹방에나 어울릴 만한 것이었다. 게다가 순전히 엄마의 경험에 근거한, 사실과 무관해 뵈는 정보였다. 한가지 특이한 것은, 촬영이 시작되고 엄마의 사투리가 바뀌었다. 단어는 경상도 사투리가 맞는데 억양은 뜬금없이 강원도 쪽에 가까웠다. 경상도 출신의 엄마가 전라도 비빔밥에 관해 강원도 억양으로 이야기하는 셈이었다. 섬진강 근처에 전라도면서 강원도 억양의 경상도 사투리를 쓰는 곳이 있다고, 사투리 탐사 프로그램을 만든 후배한테서 들은 적 있긴 하지만…. 평소처럼 편하게 경상도 사투리를 쓰라고 말하려다 말았다. 알고 보면, 그게 시청자를 위해 표준어를 쓰고자 하는 '김순효 씨'의 진솔한 노력의 표현일 수도 있어서….

엄마가 이름 모를 나물 한 줄기를 젓가락으로 집어 카메라에 잡히라고 눈높이까지 들어 올렸다. 곧, 나물을 말려서 차로 우려먹으면 밤눈이 밝아지는데 밤눈이 밝아지면 잠이 안 와 혼쭐난다는, 호평인지 악평인지 모를 나물 품평회가 이어졌다. 비빔밥 먹방은 적당히 끊고 본격적으로 '김순효 씨'의 인생 인터뷰를 시작하는 편이 나을 듯했다. 나는 카메라 리모컨이 든 주머니에 슬그머니 손을 넣어 녹화 기능을 껐다.

◉REC #1 : 소개

반갑습니다. 이렇게 초대에 응해주셔서 감사합니다. 시청자분들께 직접 본인 소개를 해주시겠어요?

제 이름은 김순효라 카지예. 순할 순에, 효도할 효, 순효지예. 일천구백사십일 년생이고요. 올해 팔십셋 됐네예. 태어나기는, 경상북도 포항시 북구 흥해면 장암리 삼십….

⏸ PAUSE

– 주소를 말하면 어떡해.

– 와? 그라믄 안 되는 기가?

– 개인정보 보호 차원에서 실제 주소는….

– 아, 인자 남의 집인데 뭐 어떻노?

– 그러니까 더 조심해야지. 다른 사람 집 주소를 방송에서 공개하면 되겠어?

– 하이고, 뭐라도 방송에 나오면 좋은 기제. 그라믄 뭐, 다시 하까?

– 처음부터 다시 갈게. 다섯까지 세고 시작하면 돼. 이름 말하는 데서부터….

– 알긋다. 한나, 두울, 서이, 너이, 다섯.

* * *

게스트 소개 부분만 몇 번을 다시 찍어야 했다. 촬영 중에 실수하거나 잠시 끊고 다시 가고 싶으면 '포즈(pause)'라는 신호를 달라고 했더니 엄마가 걸핏하면 '뽀즈'를 외쳤다. 내 보기엔 아무 문제가 없는데도 마음에 안 든다며 다시 찍자고 했다. 아홉 시면 잠자리에 드는 엄마인데 열 시가 다 돼서야 첫 촬영이 끝났다. 아무래도 긴장했는지 엄마가 비빔밥이 얹힌 것 같다고 해서 카페 문을 닫고 들어가려는 은희 씨한테서 소화제를 얻어왔다. 잔다고 방에 들어간 엄마가, 열한 시가 넘었는데 내가 자는 방문을 두드렸다. 잠이 안 온다고 내친김에 고마, 더 찍자면서….

◉REC #2 : 단역배우

김순효 씨는 원래 배우에 뜻이 있으셨던 건가요?

은지예. 택도 없는 소리지예. 배운 것도 없고 잘난 구석
일랑 한 개도 없는 내가 무신 배우를…. 언감생심 꿈도 못
꿀 일이지예.

*그렇다면 꿈에도 생각지 못한 배우란 꿈을 이루었다고 볼
수도 있겠네요. 배우가 되기까지 김순효 씨가 걸어오신 길이
남다를 것 같습니다. 일흔에 데뷔하셨다지요. 처음에 어떻게
배우가 되신 건가요?*

처녀 적에 머리털 나고 처음으로 극장이란 델 가봤지예.
가난한 남자하고 부자 여자하고 좋아하다가 가난한 남자가

죽으면서 영화가 끝나뿌데예. 고마, 챙피스럽지마는…. 내
는 그기 진짠 줄 알았는기라요. 그 남자가 진짜로 죽은 기
라고 생각했지예. 그란데 얼마 안 가 그 남자 얼굴이 신문
에 대문짝만하게 난 기라요. 그 부자 여자하고 같이요. 둘
이 결혼한다 카데요. 옴마야, 이 남자는 죽었는데 우째 살
아서 결혼을 하노! 내가 식구들 있는 데서 그래놓으니 다들
배를 잡고 웃는 기라요. 그때 처음 알았지예. 배우란 직업
이 있고, 그기, 배우가 영화를 찍으믄서 연기를 하는 거라
꼬요. 그때부터 배우라 카는 사람들이 울매나 대단해 뷔던
지요. 우예 남인 척하믄서 그리 진짜맨쿠로 울고 웃고 하는
지…. 신통방통하데요. 그때부터 내한테는 고마, 배우가 세
상에서 젤로다가 훌륭해 보이는 기라요. 그캤는데, 운이 좋
아갖고 고마, 내가 요래 배우가 돼뿌릿네예.

　배우로 데뷔하시기 전에 교양프로그램 방청객으로 먼저
방송과 인연이 닿으셨다고요.

　다 늙어서 연기 학원이란 데를 가게 됐지예. 배우를 하
고 싶어서가 아니라 친구가 재미로 댕겨보자 캐서예. 거기
가믄 방송국 구경도 가고 점심도 멕여주고 잘하믄 돈도 번
다 카데요. 방청석에 가마이 앉아서 이야기를 듣기만 하면

된다꼬요. 듣다가 웃기도 허고, 울기도 허고 손뼉도 쳐주면 된다 카데요. 그리만 하면 돈을 준다캐요. 뭐 그런 게 다 있노 싶은기, 내는 뭐, 지루한 이야기를 들어줘야 하는갑따 했지예. 근데 가보이, 앞에 나와서 유명한 사람들이 하는 이야기마다 말도 몬 하게 재미있는 기라요. 그래노이 지질로 웃다가 울다가 했지예. 신나면 손뼉도 치고예. 그란데 진짜로 돈을 주는 기라예. 주니까 받았지만서도 그거 하고 돈을 받아도 되나 싶데요. 그다음부터 수태 불려 다녔지예. 넘 이야기를 잘 들어주는 할무이 하나 있다고 소문이 났는가…. 연기학원으로 내를 찾는 전화도 오데예. 그러다 보이, 영화 찍고, 광고 찍고…. 고마, 이래 된 기라예.

혹시 조금이라도 더 일찍 배우가 됐더라면, 하고 아쉬운 생각이 들 때는 없었는지요.

어데예. 그런 생각은 요만큼도 안 들었어예. 내 같은 사람이 우예 일찍 배우가 되것어요. 배우라 카믄 남의 맴을 잘 알아야 하지 않것어예. 남의 맴을 잘 알아야 그 사람 맴처럼 연기를 할 것 아니것어예. 내처럼 핵교도 제대로 못 다닌 사람이 우예 다른 사람 맴을 알겠어예. 내 같은 사람은 저꺼보는 수밖에는 없는 기라요.

말씀 중에 죄송한데… 저꺼본다는 게 무슨 뜻인가요?

몸으로 직접 저꺼봐야 한다꼬예. 서울말로 뭐라카노….

아, 겪어보는 거 말씀인가 보네요. 경험해 보는 거요.

글치예! 내가 칠십에 데부했으까니, 남이 맴을 저꺼보는데, 아니, 겪어보는데 칠십 년이 걸렸네예. 그 세월이 있어노이 내 같은 사람도 배우가 될 수 있는 기지예. 늦어서 아쉽기는예. 가당치도 않어예. 지금 내가 요래, 배우가 돼삐렀다 생각하믄 자다가도 좋아서 웃어쌓는데예.

* * *

카메라에 안 잡히도록 바닥에 내려놓은 휴대폰에 문자가 뜨는 게 보였다. 용석이었다. 보이는 첫 문장만으로 용건은 충분히 전달되었다.

　― 몰랐어, 경. 대구로 인턴 보낼게.

나는 엄마에게 끊지 말고 계속 말하라는 수신호를 보내

고 엉덩이를 움직여 카메라 뒤쪽으로 물러났다. 엄마가 소리 안 내고 입술만 움직여 뭐라고 했다. 모양이 '뽀즈하까' 같았다. 그래서 포즈 버튼을 누르고 엄마에게 잠깐 기다려달라고 했다. 카메라 가방에 삐죽 튀어나온 핀마이크가 눈에 들어왔다. 엄마에게 그걸 달아주지 않았다는 걸 그제야 깨달았다. 또 잊어버리지 않게 핀마이크를 꺼내 바지 주머니에 집어넣고 용석에게 얼른 문자를 찍었다.

　　─ 모녀 말고 작가와 게스트로 찍을게. 황 부장한테 전해. 촬영
　　시작했다고.

◉REC #3 : 행복

이제부터 단역배우 김순효 씨의 인생 인터뷰를 본격적으로 시작해 볼게요. 즐거운 기억으로 출발하면 어떨까요? 살아오면서 행복했던 순간을 떠올려 보시는 걸로 말이지요. 김순효 씨 일생에서 가장 행복했던 순간을 하나 꼽는다면 언제, 어떤 일이 될까요?

내사 마, 지금도 행복한 축이지예. 내가 언제 우리 딸하고 마주 앉아갖꼬 요래 두런두런 이야기를…. 옴마야, 우짜노. 작가님이라꼬 해야는데, 내가 니 보고 딸이라 캤제? 뽀즈, 뽀즈!

⏸ PAUSE

요래, 한옥 마루에 나와 앉아 있어 그런가, 내가 요만할 때 생각이 나네예. 우리 집에도 요런 마루가 있었거든예. 우리, 젊은 작가님은 여기, 눌러붙은 자국이 뭔지 모르지예? 요그이, 곰방대 자국이라예. 워낙 일찍 돌아가셔서 내사 마, 얼굴은 까마득하지마는, 우리 아버지가 곰방대 피우시던 모습은 기억하지예. 저녁이면 방에 앉아서 긴 곰방대를…. 그거를 장죽이라 캤지요. 장죽을 요래 마루에 내밀면 오빠들이 돌아가며 곰방대 끝에 불을 붙였지예. 내도 울매나 그기 하고 싶던지요. 그 시절은 그런 것도 다 좋았지예. 안 좋았던 때가 없었던 건지, 아니믄, 안 좋은 기억을 내가 다 이자뿌릿는지…. 어렸을 때는 고마, 맨날이 행복했던 것 같아예.

그럼, 김순효 씨가 가장 행복했던 그때로 시청자분들과 같이 시간 여행을 떠나볼까요?

시간 여행이라 카믄….

김순효 씨의 어린 시절을 다 함께 구경하러 가는 거지요. 언제, 어디로 가면 될까요?

아! 그카믄 지금보다는 이른 저녁 때비로 가는 게 좋아
예! 추수가 한창일 때니까 지금보다는 조금 이른 무렵이
지예.

그 시간 속 김순효 씨, 아니, 어린 순효는 어디에 있나요?

문밖에 나가 서서 목을 빼고 있지예. 장에 간 큰오빠를
기다리느라꼬예. 정지에는 어무이하고 올케가 저녁밥 짓느
라 부산시리 왔다 갔다 하고요. 마당에는 짚으로 엮은 돗자
리가 깔려 있고 저녁밥이 차려져 있지예. 그 옆에서 품일하
는 아재들이 씻느라고 펌프질을 해쌓고요.

어린 순효는 그렇게 큰오빠를 늘 마중 나갔나요?

큰오빠야 논일, 밭일 하믄서 수시로 집에 오니까 평소에
는 딱히 기다릴 일이 없지예. 그런데 그날은 읍내에서 장이
서는 날이라 오빠가 내 꽃신을 사 오마꼬 약속했거든예. 읍
내서 제일 비싸고 고운 꽃신을 사다 준다꼬요. 큰오빠는 내
보다 열다섯 살이 많고 내는 막둥이였지예. 아버지가 안 계
셔노이 내한테는 큰오빠가 아버지였어예. 오빠는 내를 보
고 늘 같은 말을 했지예. 우리 순효한테는 이 세상에서 제

일 예쁜 옷을 입히고 제일 고운 신발을 신길 끼다, 우리 순효를 제일 곱고 예쁜 처자로 키울 끼다….

오빠께서 그날 약속대로 꽃신을 사 오셨나요?

하모요. 오빠는 내하고 약속을 하믄 단 한 번도 어기는 법이 없었거든예. 그날은 오빠가 온다던 시각보다 한참 늦어지긴 했지예. 할 수 없이 먼저 밥을 먹는데 그단새 문밖에서 순효야, 하고 내를 부르는 소리가 들리는 기라요. 내사 마, 숟가락을 휘딱 던지고 뛰나갔지예. 오빠한테서 시금한 막걸리 냄새가 확 풍기데예. 옴마야, 오빠가 술 한잔 걸치는 바람에 고마, 내 꽃신 사 오는 걸 이자뿌린 거 아닌가…. 가슴이 꺼질라 카는데 오빠가 지그시 웃드마는 품에서 요래요래 뭘 꺼내데예. 누르끄름한 종이에 싼 걸 펴 보이….

꽃신이었군요.

하모요. 비단을 쪼각쪼각 붙여서 맹근 색동 꽃신이었지예. 요즘 젊은 사람들은 잘 모르겠지요. 요새는 한복에 고무신 말고 구두를 신는다 카이…. 꽃신 빛깔이 울매나 고븐

지 몰라예. 발에 꿰보니까 맞춤도 그런 맞춤이 없꼬예. 꽃
신을 신고 앞발 든 토끼맨쿠로 마루를 뛰댕겼지예. 발이 커
져갖고 신발 바꿀 때가 되믄 오빠가 또 다른 신발을 사줬지
예. 그래도 그 색동 꽃신만 한 게 없었어예. 그 꽃신이 단연
코 이뻤지예. 단디 보관했다가 시집올 때 가져왔는데 고마,
이자뿌릿어예. 그 귀한 걸 언제 어디서 이자뿌릿는지도 모
르고 살았네예. 내사 마, 그기 더 서러븐 기라요. 옴마야, 행
복한 야그를 하라 캤는데 서럽다칸다…. 우짜꼬.

괜찮아요. 그냥 생각나는 걸 편히 말씀하시면 됩니다. 그
런데 꽃신을 사다 주신 오빠분께서는 지금….

하마 돌아가셨지예. 그래도 구십은 넘기고 가셨어예. 밤
에 주무시다가 식구들 모르게 고마, 혼자 가셨네예. 딱 살
아 계실 때 성품대로지예. 누구한테 눈곱만큼도 민폐될 일
은 안 하셨거든예. 한 이불 덮고 자던 올케도 가시는 걸 몰
랐다 카믄 말 다 했지예. 입관 전에 수의 입은 오빠를 봤
어예. 다들 손이며 얼굴을 만지면서 우는데 나는 우예 그
리 오빠 발이 서럽던지예. 내 발에는 오빠가 때마다, 철마
다 신발을 갈아 신겨줬는데 나는 오빠 발에 해준 기 하나도
없드라고요. 그 흔해빠진 구두 한 벌 못 해드렸꾸마는 오빠

발이 고마, 수의로 꽁꽁 싸매져 가….

⏸ PAUSE

우린 누구나 행복을 원하지요. 혹시 행복이 어떤 건지 알면 찾는 게 조금은 수월해질까요? 김순효 씨가 생각하는 행복은 어떤 건지 궁금합니다. 행복은 이런 것이다, 하고 말씀해 주실 수 있을까요?

하이고, 내맨쿠로 무식한 할마이가 그리 어려븐 걸 우예 알겠능교. 공부 마이 한 박사님들이나 아실 테지예. 고마, 내 같은 사람이 생각해도 된다 카믄…. 내는 누가 뭐라 캐도 오빠가 사준 꽃신이지예. 내한테는 그기 행복인 기라예. 어데, 그 꽃신이 생겨서만 좋았겠어예. 그거를 우리 오빠가 사 줬으니까 좋았겠지예. 살면서 선물을 수태 받아봤지만서도 그 꽃신을 받았을 때맨쿠로 좋았던 적은 없었지예.

내가 받은 게 꽃신이 아니라 맴이라서 그렇지 싶어예. 오빠 맴이요. 나를 생각하는 오빠 맴을 따라올 사람이 세상천지에 누가 있을까예. 그기 부모 맴 같은 거 아니것어예. 내는 어무이도 아버지도 일찍 돌아가셨지마는 큰오빠가 어무이, 아버지 맴을 다 합친 거맨쿠로 내한테 맴을 써줬던 기라예. 뉘한테서든 부모 맴 같은 걸 받을 수 있다 카믄…. 그런 맴을 받는다 카믄 누구라도 행복하지 않을까예. 하이고, 나이가 들수록 뭘 줘야 하는 긴데 이래 받는 게 행복이라 캐서 우짭니꺼. 아는 기 없어 노이 요것밖에 안 되네예. 나중에 짤라내 뿌소, 고마.

고창읍성

법무사를 만나려면 하루는 더 기다려야 했다. 뜻하지 않게 비는 하루가 〈인생 인터뷰〉 촬영을 위해서는 요긴했다. 고창 어디가 됐든, '단역배우 김순효 씨' 편에 어울릴 만한 곳을 물색해 봐야 했다. 고창에 아무 연고가 없다면 하다못해 '김순효 씨'가 개인적으로 가고 싶어 하는 장소라도 찾아야 했다.

엄마는 잠시 생각하다 고창읍성을 택했다. 몇 번 가보긴 했지만 늘 혼자였다면서 소풍 가는 아이처럼 기대에 찼다. 고창읍성에 몇 번이나 와봤다면 대체 엄마는 고창에 얼마나 자주 온 걸까…. 진짜로 소풍 가는 줄 아는지 엄마는 김밥을 사자며 분식집에 들렀다. 냄새 난다고 만류했으나 원래 아침을 거르는 나 때문에 아침을 제대로 못 먹었다면서 엄마는 기어코 택시 안에서 김밥을 꺼내 먹었다. 물론, 택시 기사에게 먹으라고 권하는 것도 잊지 않았다.

고창읍성에 도착해 입장권을 사서 조금 걸어 들어가니 누각처럼 생긴 문이 나왔다. 엄마가 뒷짐을 지더니 "이리 오너라!" 하고 외쳤다. 당황해서 얼른 주변을 둘러보는데 엄마가 고개를 외로 틀고 그런 나를 빤히 쳐다보았다.

– 이건 왜 안 찍는다니?
– 이게 관광 프로가 아니잖아. 교양 프로지.

그러면서 나는 서둘러 가방에서 카메라를 꺼냈다. 엄마의 소소한 동작을 놓치지 말자 해놓고 나는 정작 몸으로 실감 못 하고 있었다. 이게 관광인 줄 아는 사람은 엄마가 아니라 나였다. 어느새 저만치 앞서간 엄마는 성곽길로 접어들고 있었다. 〈인생 인터뷰〉에서 인터뷰 파트는 주로 스튜디오 같은 실내에서 의자에 앉아 찍었다. 그게 기본 포맷이었다. 야외 장면이나 로드 컷은 인터뷰에서 나온 이야기를 보충하는 자료 화면으로 들어갔다. 그래서 대개 음 소거하고 필요한 내용은 자막 처리했다. '단역배우 김순효 씨' 편은 색다르게 현장 소리를 살려도 좋을 것 같았다. 보이는 것마다 터져 나오는 엄마의 남다른 리액션 때문이었다.

내 눈에는 별 감흥 없는 것들이 엄마에게서는 "시상에!"

"움무야꼬" "어쩜 좋아!" 같은 다양하고도 현란한 감탄사를 끌어냈다. 같이 구경 다니며 많은 시간을 보내지는 않았으나 엄마의 리액션이 조금 과하다는 건 알고 있었다. 엄마에게서 그런 리액션이 나올 타이밍이면 언니는 먼저 흉내를 내기도 했다. 그 과해 보이던 반응이 사실은 엄마의 진심이라는 걸 나는 고창에 와서 알게 되었다. 무언가를 보고 감탄할 때, 뷰파인더 속 얼굴을 확대해서 보면 엄마의 눈은 진짜로 처음 보는 아이의 그것처럼 반짝였다. 더도 아니고, 덜도 아니고, 진짜 딱 그만큼 감탄스럽다고 말하는 눈이었다. 나는 카메라 녹음 레벨을 최대로 키웠다.

길을 벗어나 수풀 쪽으로 들어간 엄마가 허리를 구부린 채 나무 아래에서 무언가를 찾았다. 보름 전쯤만 해도 찬란했을 단풍잎이 죄 떨어져 나무 밑동에는 갈색 이파리가 수북했다. 돌아온 엄마의 손에 들린 건 묵직한 돌이었다. 엄마는 돌을 똬리 삼아 머리에 이는 시늉을 하더니 빨리 찍으라는 듯 나를 향해 손을 흔들었다. 카메라 초점을 맞추는 동안 엄마가 자리에서 맴돌며 타령조로 뭔가 읊었다.

— 한 바퀴 돌면 다릿병이 낫고, 두 바퀴 돌면 무병장수하고, 세 바퀴를 돌면 극락승천한다네.

어쩐지 귀에 익다 싶더니, 좀 전에 입구 안내판에서 본 글귀가 떠올랐다. 내용 중 '돌면'은 눈앞의 저 긴 성곽길을 둘러 걷는다는 뜻일 터였다. 뷰파인더 속에서 엄마는 돌을 이고 제자리에서 맴돌며 다릿병도 낫고, 무병장수하고, 극락승천할 거라며 잇몸이 드러나게 웃었다.

고소공포증이 있는 나는 성곽길을 가능한 한 안쪽에서 걸으며 엄마 팔을 놓지 않았다. 높은 곳에서 내려다보길 좋아해 20층 아래로 살기 싫어하는 엄마는 바깥쪽에 바짝 붙어 걸었다. 엄마가 발밑으로 내려다보이는 고창 시내를 가리키며 내 손을 잡아끌었다. 양손으로 엄마 팔을 부여잡고 겨우 아래를 내려다보았다. 겹겹이 어깨를 잇대고 늘어선 산봉우리, 색색의 지붕을 이고서 옹기종기 웅크려 앉은 집들, 그 한편으로 트인 너른 들판….

결혼 5주년 기념으로 인철과 함께 갔던 아이슬란드가 겹쳤다. 교회 종탑에 올라가 내려다본 레이캬비크의 전경도 이랬다. 인철은 내 손을 맞잡으며 같이 기도하자 했다. 내가 뭐라 대꾸하기 전에 인철은 먼저 눈을 감았다. 그리고 지난 5년 동안 해온 기도를 또 했다. 우리에게 아기를 보내주세요, 우리 경주를 똑 닮으면 더 좋겠어요. 한 번도 응답받지 못한 기도, 아니, 한 번도 응답받지 못하는 게 당연한 기도…. 나는 눈을 감지 않았고 당연히 기도도 하지 않았

다. 미안해. 입술은 움직였는데 소리는 내지 않았다. 그 순
간은 아기를 갖지 않기로 인철 몰래 결심한 것보다 인철과
같이 기도하지 않는 게 더 미안했다.

내가 아기를 갖고 싶어 하지 않는다는 건 나도 결혼하고
난 뒤에 알았다. 유난히 아기를 원하는 인철에 대한 반작용
같은 건 아니었다. 아기 낳을 때 얼마나 아플까, 아기가 얼
마나 귀여울까, 육아는 얼마나 힘들까…. 나는 또래 여자들
이 자주 할 만한 생각을 한 적 없었다. 아니, 하지 못했다.
내가 아기를 낳을 수 있다는 사실조차 망각하고 살았다. 내
가 인철에게 미안하다면 그런 채 결혼했다는 사실 때문이
었다. 지난 7년 동안 줄곧 피임해 온 걸 들킨 뒤 인철에게
미안하다고 했다. 진심이었기에 눈물도 났다. 하지만 인철
은 내가 뭘 잘못했는지 나 스스로 모르는 것 같다고 했다.
그래서 인철에게 내 사과는 무력하고 무효했다. 집에서 나
갈 때 인철은 슬피 울었다. 마치 자기가 큰 잘못을 저질렀
고 그걸 진심으로 미안해하는 사람처럼…. 그 모습을 본 뒤
로 나는 인철을 떠올릴 때마다 그게 제일 미안했다.

저만치 앞에서 빨리 오라고 재촉하는 엄마 목소리가 들
렸다. 흥이 오를 대로 오른 엄마는 콧노래까지 부르고 있었
다. 나 혼자 까마득한 아래를 내려다보고 있었단 걸 깨닫고
화들짝, 기겁하며 성곽길에서 내려섰다. 반복해서 나타나는

언덕길을 올랐다 내려가니 소나무 숲이 끝나고 대나무가 빼곡한 숲이 나타났다. 끝이 안 보일 정도로 하늘로 솟아 열 지어 선 대나무 기둥은 사뭇 위압적이었다. 마치 거인국에 들어서는 느낌이었다. 자잘한 대나무 낙엽으로 뒤덮인 바닥은 발을 디딜 때마다 한 번도 들어본 적 없는 소리를 냈다. 엄마는 대나무 몸통을 쓰다듬듯 하나하나 짚으며 경사진 길을 잘도 헤쳐갔다. 카메라를 들고 있는 터라 균형 잡기가 힘들어 나는 몇 번이나 발을 접지를 뻔했다. 그때마다 내가 놀라 내지르는 짧은 비명이 카메라에 고스란히 담겼다.

– 경주야, 저기 좀 보그래이.

얼른 카메라의 포즈 버튼을 눌렀다. 엄마가 가리키는 손끝에 뭔가 별난 게 보였다. 근시에다 초기 백내장이 겹친 내 눈에는 얼핏 공중에 매달린 외계 생명체처럼 보였다. 거인국답게, 엄청나게 크고 굵은 뱀 같기도 하고…. 눈을 가늘게 뜨고 몇 걸음 다가들어 보니, 뜬금없게도 나무였다. 보통 소나무에 비해 몸통이 가느다란 소나무가 대나무의 몸을 휘감은 채 하늘로 뻗어 있었다. 닮은 데라곤 전혀 없는 이질적인 두 나무의 오묘한 섞임…. 묵은 감정을 풀지

못해 드잡이하는 것도 같고, 결코 이루지 못할 사랑을 애달
파하는 것도 같고…. 엉겨든 두 나무를 카메라에 온전히 담
으려면 한참 뒷걸음질 쳐야 했다. 두 나무가 있는 곳의 지
반은 경사가 있었다. 거기, 기우뚱하게 서서 만면에 미소를
띤 엄마가 나를 보고 있었다.

　– 야야, 누가 누구 땅에 들어온 거 같노? 여그, 천지에 대
나무다 보이, 소나무가 대나무 숲에 들어온 거 같제?

　엄마가 구부러진 소나무 몸통을 두 손으로 쓰다듬었다.
촬영 중이란 걸 알 텐데 엄마가 자꾸 내 이름을 불렀다. 또
다시 포즈 버튼을 눌러야 했다. 진즉에 느낀 바지만, 아무
래도 엄마에겐 나한테 하는 말과 카메라에 대고 하는 말이
따로 있는 듯했다. '경주야' 하고 부를 땐 내게 할 말이 있
고, '작가님'이라 부를 땐 카메라에 할 말이 있고… 그게
뭐가 어떻게 다른지 알 수는 없지만, 언제부턴가 나는 엄마
가 '경주야' 하고 부르면 반사적으로 포즈를 눌렀다. 나중
에 소리를 빼고 영상만 쓰더라도 입술 모양까지 편집할 수
는 없는 노릇이었다. 엄마가 뭘 묻는 걸로 보아 이야기가
길어질 터라 나는 아예 카메라를 껐다.

– 틀렸데이. 여긴 원래가 소나무 땅인기라. 소나무가 여그에 먼저 살았다 이 말이제. 이 소나무 나이가 이백 년도 더 됐다 안 하나. 그라이까네, 소나무가 여기 들어온 게 아니고 같이 살자고 찾아온 대나무를 소나무가 받아줬다, 이 말이다.

엄마는 소나무의 거친 외피를 강아지 등 어루만지듯 계속 쓰다듬었다. 엄마의 표정도 정감 있고 주변 풍광도 독특해서 찍어두면 나중에 쓰임새가 좋을 성싶었다. 나는 다시 카메라를 켜서 앵글을 땅바닥부터 위로 천천히 쓸어올렸다. 더는 목을 젖힐 수 없게 될 즈음, 뷰파인더에 푸른 하늘이 들어왔다. 소나무와 대나무의 초록 잎사귀가 거기서도 한데 엉겨 서로의 몸으로 햇빛을 받아내고 있었다. 앵글을 내리며 줌아웃하니 나무 아래 그늘 속에서 손가락만큼 작아진 엄마가 보였다. 나무 사이로 얼굴을 내밀더니 엄마가 사진을 찍어달라고 소리쳤다. 멀찌감치서 휴대폰 카메라로 구도를 잡는데 등 뒤로 인기척이 났다. 돌아보니 등산복 차림의 중년 커플이 다가오다 우리를 보고 멈춰 섰다. 역시 두 나무를 배경으로 기념사진을 찍으려는 것 같았다. 커플에게 자리를 내주려 엄마에게 그만 가자는 수신호를 보냈다. 엄마가 커플에게 손을 흔들며 먼저 우리 사진부터 찍어

달라고 했다. 거리 때문이겠지만 냅다 소리를 지르는 통에
부탁한다기보다는 명령조로 들렸다. 다행히, 남자가 싱글거
리며 다가와 내게서 휴대폰을 건네받으려 했다. 엄마 때문
에 민망하기도 해 괜찮다고 사양했다. 그러자 엄마가 더 큰
소리로 빨리 오라고 소리쳤다.

– 얼른 가세요. 이것도 효도예요.

웃느라 반달 모양이 된 눈으로 남자가 복화술하듯 입술
도 별로 안 움직이고 말했다. 남자 손에 휴대폰을 건네주고
엄마 옆에 가 섰다. 경사 때문에 몸을 소나무에 기대듯 붙
여야 했다.

– 좀 다정하게, 어머님 팔이라도 잡으세요.

남자의 말이 채 끝나기도 전에 엄마가 내게 팔짱을 꼈다.
남자는 사진을 한 장으로 끝내지 않았다. 이쪽저쪽 자리
를 옮기는 건 물론, 휴대폰을 가로로, 세로로 바꿔가며 계
속 찍었다. 그러는 동안 엄마가 내 어깨에 머리를 기대기도
했다. 나무에 가려 얼굴이 잘 안 잡힌다며 남자가 우리더러
몇 발 옆으로 나오라고 했다. 이만 됐다고 손을 내저으며

남자에게 뛰어가 휴대폰을 넘겨받았다. 아쉽다는 듯 혀를 끌끌 차며 엄마가 뒤따라왔다. 이번에는 내가 커플의 사진을 찍어주기로 하고 남자에게서 휴대폰을 받았다. 나무가 있는 쪽으로 두 사람이 걸음을 뗐다. 여자가 남자의 한쪽 겨드랑이에 손을 끼우며 엉킨 두 나무를 올려다보더니 말했다.

— 대나무는 똑바로 자랐는데 소나무만 몸이 배배 꼬였네. 소나무가 고달프겠다, 그치?

남자가 팔을 풀어 여자의 어깨에 두르면서 다른 손으로 나무 꼭대기를 가리켰다.

— 대신 위로 길게 자랐잖아. 저렇게 키 큰 소나무 봤어?

◉REC #6 : 후회

살면서 행복해지고 싶다는 생각을 제일 많이 한다면, 그 못지않게 많이 하는 생각이 후회되는 일에 관해서가 아닐지요. 이미 지난 일이라 후회해도 아무 소용없다는 걸 알면서 말이에요. 김순효 씨도 살아오시면서 후회되는 일이 있으셨나요?

하모요. 맨날 하지예. 오늘 아침에도 후회하고 점심에도 후회하고 지금도 요래 후회하고요.

지금이라면… 지금 후회되시는 건 뭘까요?

요래 촬영하게 될 줄 알았으믄 이쁜 옷 마이 잘 챙겨 갖고 올 걸 그랬다, 하고 후회하고 있지예. 맨날 이래 똑같은 옷을 입고 찍어서 우얄꼬. 아마추도 아니고….

 살아오시면서 제일 후회되는 것 하나만 꼽아달라 청하는
건 아무래도 무리겠지요? 후회되는 일에 첫째, 둘째, 순위를
매기기도 어렵고요.

 은지예. 지난 세월 다 싸잡아 후회되는 일이라 카믄, 내
한테는 일등짜리가 있지요. 일등짜리라서 맨날 생각하고
맨날 후회하는 일이 있지예.

 오늘도 그러셨나요?

 하모요. 좀 전에 마루에 나가 앉아 달을 보면서도 그랬
지예.

 괜찮으시다면 그 이야기를 들려주실 수 있을까요? 평생
제일 후회되고, 오늘도 후회하셨다는 그 일에 관해서요.

 하이고, 그 이야기라 카믄 내가 맨정신으로 끝까지 할
수 있을지 모르겠네예. 누구한테 한 번도 말해본 적이 없
어놔 갖꼬요. 고마, 어디서부터 시작해야 좋겄노. 어디서

부터….

⏸ PAUSE

부산에서 살 때라예. 부산은 눈이 잘 안 오는데 그해 겨
울은 우짠 일인가, 눈이 억수로 많이 왔네예. 길이 다 꽁꽁
얼어붙어 갖꼬 길거리에 사람도 없고 댕기는 차도 없었지
예. 그때 내 나이가 스물여섯이었어예. 결혼하고 이듬해 낳
은 얼라가 두 돌이 좀 안 됐을 때니까예. 그 추운 날, 얼라
를 들처업고 나갔네예. 얼라를 단디 둘러싸지도 않고 이 동
네 저 동네를 헤매고 다녔지예. 그 추운 날에 눈도 오시는
데 내는 고무신짝을 끌고 나갔꼬예.

급한 일이라도 있으셨던 건가요?

얼라 아부지가 집에 안 들어온 기 벌써 며칠 됐지예. 집
에 쌀도 없고, 얼라가 며칠째 기침도 해쌓는데…. 시어무이
는 편찮고 학교 댕기는 시동생도 서이나 있었지예. 내 혼자
감당이 불감당인기라요.

남편분이 어디에 가셨는데요?

그기…. 노름판요. 멀쩡한 냥반이 우예 갖고 젊어서부터 노름에 그리 빠졌든지요. 원래는 멀리 나갈 생각이 아니었는 기라요. 그 냥반이 어데 있는지 그거만 알아볼라고 했던 긴데…. 몇 집 돌믄서 그 냥반을 찾다보이 내사 마, 분에 받쳤는가, 오기가 솟데요. 그날로 결판을 내뿌자, 하고요. 그래 작정하고 뛰어댕겼드마는 그 냥반 있는 데를 안다는 사람을 찾은 기라요. 거그 주소하고 약도를 종이에 받아갖고 그걸 움켜쥐고 올매나 걸었는가…. 몸이 꽁꽁 얼어붙었을 긴데 속에서 천불이 나서 그런지 내사 마, 추븐지도 몰랐어예.

주소에 적힌 집을 찾아갖고 마당으로 들어서이, 사팔뜨기 여자 하나가 부엌에서 나오데요. 얼굴은 밀가루를 뒤집어쓴 거맨쿠로 허옇고 입은 시뻘건 루주를 발라갖고 영판 처녀 귀신 같은 기라요. 그 냥반 이름을 대고 좀 불러달라 했지예. 직접 부르라 카믄서 여자가 방문을 열어주데요. 담배 연기가 자욱해가 뉘가 넌지 얼굴을 분간 못하겠는 기라요. 그래노이 여자가 이씨, 하고 불러주데요. 안에서 그 냥반이 왜 불러쌓냐꼬 고함을 치데요. 여자는 다시 부엌으로 들어가 삐리고요. 그래, 내가 캤지요. 승호 아부지요, 집에 가입시더. 사람들이 떠들어싸서 내 말을 못 들었는가, 대답이 없데요. 에라, 내도 인자는 이판사판이

다, 냅다 소리쳤지예. 집에 가자꼬요, 승호 아부지이! 옴
마야, 내가 와 이리 숨이 차노. 안 되것다, 경주야, 뽀즈 좀
해봐라.

Ⅱ PAUSE

내 소리를 들었는가, 안에서 그 냥반이 나오데요. 내를
보드만은 고마, 눈이 뒤집히는 기라요. 내가 거기까정 찾아
올 줄은 꿈에도 몰랐겠지예. 맨발로 뛰어 내려오드마는 뭐
라꼬 막 소리치데요. 부엌에서 여자도 뛰나오고, 내는 계속
집에 가자꼬 소리 지르고, 방 안에서 남자들이 내다보고⋯.
망신스럽든지 그 냥반이 내를 칠라꼬 손을 확 쳐드는데 여
자가 막아서데요. 그 냥반이 꼴은 돈 찾을라믄 아직 택도
없다 카믄서 내한테 집에 가라고 호통을 치데요. 그 소리에
내가 억장이 무너져 갖고 악을 썼지예. 돈 찾으려다 돈을
더 잃는 게 노름이요! 그라다가 집 날리고 마누라며 애까
정 다 잽혀먹는다아! 내사 마, 거기서 결딴낼 작정을 한 기
라요. 안 그라믄 식구들 다 죽겠다 싶데예. 직업이 없는 것
도 아니고, 그 냥반이 정신만 차려주면 남들처럼 와 못 살
겄어요.

혹시, 그때 남편분은 어떤 일을….

대서소를 했지예. 글 모르는 사람들 대신 편지도 써주고, 서류도 맹글어주고…. 그 냥반이 글재주도 있고 머리가 억수로 좋았어예. 중학교 다닐 때 공부도 일등만 하고, 시를 써갖고 도지사상도 받고 그랬다 카데예. 학교 선상님이 도시에 있는 고등학교에 가라고 원서를 구해다 줬다 캐요. 그란데 그걸 내려 간다꼬 버스비 좀 받은 걸로 친구하고 고마, 다른 데로 내뺀 기라요. 고등학교만 제대로 댕겼어도, 그 냥반이 그래 살진 않았을 낀데…. 가만있어 봐라, 내가 와 이런 이야기를 하고 있노…. 아까 어데까지 말했지예?

이러다 식구들 다 죽겠다 싶어서 아버지한테 집에 가자고….

옴마야! 니, 지금, 아버지라 캤다! 우짜노, 에누지 났다, 에누지! 뽀즈, 뽀즈!

⏸ PAUSE

그 냥반이 다시 방으로 들어가데예. 내가 딱 들러붙어 갖

고 거길 따라 들어갈라카이, 여자가 뛰어나와 내를 붙잡
데요. 자기가 손써볼 테니 집에 가 있으라꼬요. 돈 다 털리
고 심사가 뒤틀려 있을 때라 건드렸다가 봉변당한다면서
예. 우예, 그 여자가 내보다 그 냥반 성미를 잘 아는 것 같
데예. 여자가 내 손에 지폐 한 장을 쥐어주데예. 그 돈을 움
켜쥐고 그 냥반 좀 잘 달래서 집에 보내달라꼬 울매나 고개
를 조아렸든지… 참 밸도 없지예. 그 먼 길을 되짚어 혼자
집에 타박타박 걸어왔지예. 딱 고만 살고 싶은 기라요. 어
딜 가 살더라도 요 모양 요 꼴보단 안 낫것나… 서른도 안
됐는데 앞으로 살아갈 세월이 막막해서 고마, 눈물이 앞을
가리데요. 그라는 사이에 내가 잊어버린 게 있었던 게지예.
새까맣게 잊은 게 있었지예.

*그런 상황이라 정신이 없으셨을 테니까요. 그런데 잊으신
게 뭘까요?*

얼라요. 내 등에 업고 있던 얼라를 완전히 이자뿌린 기라
요. 얼라가 잠이 들었는가, 내도록 조용하기도 했지예. 배도
많이 고팠을 낀데 칭얼대도 안 허고요. 겨우 집에 와서 포
대기를 끌르는데 좀 이상하데요. 등에서 내리기도 전에 얼
라 몸이 축 늘어지는 기… 애 몸을 만져보이 불덩인기라

요. 그라이까네, 얼라가 자고 있던 게 아니라 열이 올라 정신을 일갔던 기라요. 어마이가 돼갖고 등에서 애가 열에 치받는 줄도 모르고 그 난리굿을 지긴 기라요. 물수건으로 몸을 문질러도 보고 빈 젖도 물려봤는데 반응이 없어예. 아무리 흔들어도 눈을 안 뜨데예. 더럭 겁시 나서 바깥채에 세 살던 할매를 찾아왔지예. 얼라를 보드만은 할매가 난리를 치드만요. 빨리 병원으로 델꼬 가라꼬요. 병원비가 없다카이 가진 게 그뿐이라믄서 지폐 한 장을 주데요. 노름집 여자한테서 받은 돈하고 합쳐서 주머니에 쑤셔 넣고 애를 들쳐 업고 뛰나갔지예. 눈도 오고 통금 시간도 다 돼노이 길거리에 아무도 없는 기라요. 돈은 훗날 치르더라도 택시를 타야지 했는데 고마, 댕기는 차가 있어야 말이지예. 세상천지, 내하고 얼라뿐인 기라요. 혼이 나가서 뛰는데 속절없이 눈은 또 와 그리 펄펄 내리는지….

  살려주이소, 살려주이소. 듣는 사람 하나 없는데 막 소리 질르면서 뛰었지예. 병원은 또 울매나 먼지예. 안 그래도 차가븐 고무신 안으로 눈이 차 들어오고 바람은 불어쌓고…. 눈이 얼굴에 들러붙는데 그걸 치울 겨를도 없어 혀로 눈을 핥아가믄서 달렸지예. 그 시절에 옷이라고 편케 입었나요, 어데…. 긴 치마가 다리에 자꾸 휘감겨서 몇 번을 넘어졌지예. 무릎이 까져도 아픈 줄도 모르겠고…. 고마, 도중에 파출소라도 있었으면 오죽 좋았을까예. 허기사 있었다 캐도 모르고 지나쳤을 끼라예. 옆도 뒤도 안 보고 앞만 보고 죽을힘을 다해 뛰었으니까예.

병원 간판이 보이니까 하이고, 이제 살았다, 싶데예. 병원에 들어가서 미친 여자맨쿠로 소리 질렀지예. 우리 얼라 좀 살려주이소, 우리 얼라 좀 살려주이소. 젊은 의사하고 간호사가 보고 달려오데예. 눈앞에다 돈부터 들이밀었지예. 돈이 없어 보이면 그길로 쫓겨날까 싶어갖고요. 얼라도 집에서 낳았고, 내 평생 병원이란 델 가본 적이 있었어야지예. 얼라가 어떻게 아픈지, 언제부터 아팠는지 의사가 묻데요. 그란데 대답을 못 하겠는 기라요. 아는 게 있어야지예. 언제부터 그랬는지도 모르겠고, 기침 좀 한 거 말곤 어디가 어떻게 아픈지도 모르겠고…. 열이 펄펄 난다는 소리만 하면서 바보 천치맨쿠로 도리질만 쳤지예.

의사 양반이 얼라를 침대에 눕히고 청진기를 대보고 눈도 까뒤집고 그라데요. 나는 침대 귀퉁이를 붙잡고 덜덜 떨고 있었지예. 너무 오래 추운 데 있어노이 그런가, 병원 안이 그리 뜨신데 우예 몸이 더 떨리는 기라요. 허기사 무슨 상관이것어예. 내사 마 우찌 되든 얼라만 무사하면 되는 기지예. 얼라를 다 봤는가, 의사가 간호사한테 뭐라꼬 하데예. 간호사가 내를 요래 한번 보드마는 어데로 가뿌데요.

그래, 내가 의사 소맷부리를 붙잡고 물었지예. 울매나 아픈 깁니꺼. 의사가 바로 대답을 안 하데요. 많이 아픈 깁니꺼, 돈이 많이 들어가겠십니꺼. 또 물으니 젊은 양반이 딴 데를 쳐다보믄서 그라데요. 얼라는 죽었다꼬요. 고마, 진즉에 죽었다꼬….

⏸ PAUSE

  희한하지예. 우예 눈물이 안 나는 기라요. 새끼가 죽었다 카는데 눈물이 안 나데요. 병원꺼정 뛰어오면서 다 쏟아뿌릿는가…. 지금 생각해도 모르겠어예. 우예 눈물이 안 났을까예. 대신에 물에 빠진 거맨쿠로 숨이 막히고 눈앞이 뿌예지데예. 그래가 고마, 침대 위로 퍽 엎어졌지예. 간호사가 다시 뛰어와서 내를 붙잡아 주데예. 우리 어무이가 살아 있었으믄 그 나이쯤 안 됐겠나…. 의사 양반이 얼라 몸에 허연 이불을 끌어다 덮데예. 그라고는 얼라 이름을 물어요. 승홉니다, 이승호. 그랬더이 사망 시간이 어쩌고 하는 기라요. 정신이 퍼뜩 들어갖고 내가 이불을 도로 걷어뿌릿지예. 얼라가 아직 안 죽었으면 우얄 끼고 싶데예. 추워서 몸이 얼었던 기고, 인자 눈을 반짝 뜰지도 몰라예. 죽었다는 얼라가 우예 이리 뽀얗고 이쁜교? 내가 의사를 멱살 잡듯 하고 악을, 악을 썼지예.

의사가 그라데요. 얼라가 폐렴이었다꼬요. 얼라가 한동
안 기침을 했을 낀데 그때 바로 병원에 델꼬 왔어야 된다
카데요. 하이구야, 에미가 돼갖고 얼라가 폐렴인 줄도 모르
고 한 데를 그리 돌아다녔으이, 세상에 그런 에미가 어데
있능교. 아무리 배운 게 없어도 에미는 천지 분간을 할 줄
알아야 하는 긴데….

의사가 이불을 다시 덮데예. 나는 넋이 나가갖고 멀뚱히
보고만 있었지예. 이불을 덮어노이 얼라가 사람맨쿠로 안
보이는 기라요. 요래, 손에 쥐면 딱 한 줌일 것 같데예. 얼
라가 금시라도 다시 꼬물락거릴 것 같아서 내는 눈도 안 깜
박이고 보고 있었지예. 의사가 서류 같은 걸 들고 오드마
는 내한테 주면서 그라데예. 목이 말랐을 낍니더. 숨 넘구
기 전에 얼라 목이 마이 말랐을 낍니더. 내가, 그때 울었어
예. 그때부터 바닥에 퍼지고 앉아서 돌은 여자맨쿠로 울었
어예. 발도 구르고 가슴을 쥐어짰다가 주먹으로 쳤다가….
내 뺨따구도 여러 번 친 것 같아예. 고마, 숨이 안 쉬어지는
기라요. 그 간호사가 오드마는 진정하라 카데예. 내가 아무
죄 없는 간호사 팔을 붙잡고 막 소리 질렀지예. 보이소, 얼
라가 목이 말랐다 안 합니꺼. 죽기 전에 목이 말랐다 안 합
니꺼. 바깥에 눈이 천지빼까린데, 눈이라도 먹였다믄, 눈이

라도 뭉쳐서 입에 넣어줬다믄…. 내는 몰랐어예. 폐렴에 걸리면 목이 마른지를 몰랐어예. 이 무식한 어메를 우얍니꺼. 저 불쌍한 얼라를 우얍니꺼.

그래노이 간호사 양반도 내를 붙잡고 같이 울데예. 내는 기억에 없는데 내가 그이를 어무이, 어무이, 하고 부르믄서 울었다 캐요. 그라고는 기억이 안 나는 기라요. 내가 고마 까무룩, 정신 줄을 놓는 바람에….

⏸ PAUSE

얼라는 애 아부지가 땅에 묻었지요. 무슨 속셈인가, 내를 못 오게 하데예. 아는 집에 염하러 간다꼬 얼라를 싸안고 나서데요. 그라고 한나절 뒤에야 돌아왔지예. 뒷산 소나무 아래 어디 묻었다는데 어딘지는 끝내 말을 안 하데요. 관에다가 제대로 넣어주기라도 했는가 어쨌는가 알 도리가 없는 기라요. 죽은 자식 무덤에 자꾸 찾아가면 평생 혼이 따라다닌다고 고마, 가슴에 묻고 이자뿔고 살라데요. 틈만 나면 내가 울고불고하믄서 갈켜달라 캐도 안 가르쳐줬지예. 뒷산을 다 뒤겼는데 얼라 무덤을 몬 찾았어예. 고마, 평생을 몬 찾았어예.

남편분이 미안하다고 사과는 하시던가요? 추운 날씨에 찾아다니게 해서 그리….

허이고, 택도 없지예. 평생 가야 미안하다는 말 같은 건 할 줄 모르는 양반이라예. 미안하다는 생각이나 할는지 모르지요. 그래도 아픈 얼라를 업고 돌아다니다 그리됐다고 내 타박은 안 하데요. 그 냥반이 마냥 못된 종자는 아닌기라요. 다시는 평생 노름판에 안 가겠다고 맹세한다 카데예. 다시 화투장에 손대면 손가락을 짤라뿐다 카면서요. 얼라를 묻고 와서 그 냥반도 많이 울었지예. 첫 자식이고 아들이었고…. 우리 승호가 머스마라도 곰살맞아 갖고 즈그 아부지를 보면 밸쭉밸쭉 잘 웃었어예.

남편분이 그 약속을 지키셨나요?

하이고, 택도 없지예. 딱 한 달 갔어예. 그 냥반 평생은 딱 한 달이데예.

실례되는 질문일 수 있지만, 김순효 씨는 그런데도 왜….

그러고도 와 이혼 안 허고 내도록 같이 살았냐꼬예? 하

모요. 우리 승호가 그리됐을 때 끝냈어야 했지예. 근데 요
늄의 팔자가 요것밖에 안 되는가…. 그단새 뱃속에 또 얼라
가 들어앉아 있었네예.

언니

은희 씨가 갖다준 재료로 엄마가 끓인 청국장찌개를 먹는데 언니에게서 전화가 왔다. 휴대폰을 곁눈으로 보고 '큰딸'이라고 된 발신자만 확인하더니 엄마는 전화를 받지 않았다. 전화벨 소리가 끊기자마자 이번에는 득달같이 내 휴대폰이 울렸다. 엄마를 쳐다봤더니 알아서 하란 눈치였다. 안 받을 수도 없었고, 안 받을 이유도 없었다.

– 너, 지금 엄마랑 같이 있어?

그렇다고 대답하자 언니는 엄마도 듣게 스피커 모드로 하라고 했다. 나는 스피커를 켜고 휴대폰을 엄마와 나 사이에 놓았다. 언니는 숨을 몰아쉬는 듯 잠시 조용하다가 한꺼번에 말을 쏟아냈다.

─ 엄마는 어딜 가면 간다고 말을 하고 가야지! 나라를
구하는 중이야? 독립운동이라도 해? 왜 전화를 안 받아?
그리고 경주, 넌 엄마랑 같이 움직였으면 냉큼 그렇다고 나
한테 알려줘야지, 왜 일언반구 말이 없는 건데에! 왜 그런
건데에!

그 뒤로 언니는 비슷한 요지의 말을 높고 빠른 어조로 이
어갔다. 내가 든 젓가락이 반찬 접시 위에서 헤매자 엄마가
손으로 총각김치 하나를 들어서 내밀었다. 총각김치는 손
으로 들고 먹어야 제맛이라고 엄마가 소리 안 내고 입술로
말했다. 나는 매운 게 내키지 않아 고개를 저으며 숟가락을
들어 콩자반을 몇 알 떴다. 엄마는 총각김치를 당신 입으
로 가져가 대가리를 한 입 크게 베어 물었다. 김치를 내려
놓고 엄마는 양념이 묻은 손가락을 쪽쪽 빨다 소리가 크다
고 느꼈는지 움찔했다. 드디어 언니가 말을 멈추었다. 계속
안 듣고 있지는 않았는데 하필, 마지막에 한 말을 듣지 못
했다. 청국장을 몇 숟갈 끼얹은 밥에 김치국물을 붓고 있는
엄마도 마찬가지인 것 같았다.

─ 왜 대답이 없어?

도움을 구하는 심정으로 젓가락을 입에 문 채 엄마를 바라보았다. 엄마가 고개를 끄덕이더니 뭔가 결심한 듯, 한술 가득 떠 넣었던 밥을 급히 씹어 삼켰다.

　─ 내가 내 발로 어딜 가는데 자식들에게 꼭 알려야 하니?

　언니가 한 질문이 뭐였든 맥락에서 과히 벗어날 것 같지 않은 대답이라 나는 입안에 머금고만 있던 콩자반을 안심하고 씹을 수 있었다.

　─ 거야, 걱정되니까 그렇지.
　─ 내가 애도 아니고, 어디 갈 때마다 일일이 보고해야 하니?
　─ 그건 아닌데, 오빠도 엄마가 전화 안 받는다고⋯. 도대체 어딜 간 거냐고 나한테 자꾸 묻잖아.
　─ 명호는 부라질에 출장까지 가서도 그런다니? 너네 둘이 쌍으로 난리 치는 통에 밥을 못 먹겠다. 전화를 못 받으면 바쁘니까 그랬겠지! 나는 너희가 전화하면 어디서 뭘 하다가도 다 팽개치고 전화부터 받아야 하니?

　엄마는 화가 나면 지금처럼 서울말을 썼다. 기분 나쁜 정도가 아니라 정말로 화났을 때, 엄마는 완벽에 가까운 서울말을 구사했다. 평소에는 그렇게도 안 되는 쌍시옷 발음마저 지금처럼 가능해졌다. 엄마에 관해 내가 아는 것을 언니가 모를 리 없어, 전화 속 언니 목소리가 티 나게 누그러졌다. 엄마가 휴대폰을 집어 귀에 대려 해서 얼른 스피커 기능을 해제해 주었다.

— 경주하고 같이 있는데 걱정을 왜 하니… 고창에 왜 오기는, 볼일이 있으니까 왔겠지… 여길 온다고? 수험생 뒷바라지에 바쁘면서 어딜 온다는 거야… 올 필요 없다니깐, 글쎄… 경주를 바꾸긴 뭐 하러 바꾸니… 우리, 밥 먹는 중이야. 이만, 끊자.

엄마가 건넨 휴대폰을 귀에 대보니 전화는 끊겨 있었다. 고개를 설레설레 저으며 콩자반을 조금 집어 입에 넣더니 엄마 눈이 치떠졌다. 아예 숟가락으로 콩자반을 뜨면서 엄마가 말했다.

— 우야노, 성가시게 돼뿟네. 밥 묵꼬 진해한테 여기 주소나 찍어 보내그라. 괜히 엉뚱한 데서 헤매게 하면 그 성미에 너만 시달린데이.

엄마가 먼저 방으로 가고 나는 설거지를 한 뒤, 내가 자는 방으로 왔다. 촬영한 것을 구간 반복해 돌려보며 노트북으로 초고를 썼다. 자막이나 내레이션으로 처리할 부분은 현장에서 원고를 대충이라도 써두는 게 몰아서 하는 것보다 나중에 편했다. 또, 시간이 지나면 현장이 주는 생생한 느낌이 아무래도 바래기 마련이었다. 창호지 문이 흔들릴 정도로 밤바람이 거셌다. 자다가 추울 것 같아 커튼을 치려는데 레일이 녹슬어 고리가 움직이지 않았다. 부엌에서 의자를 가져와야 할 판이라 그만두었다. 달빛이 창호지 문을 통과해 노트북을 올려둔 밥상 자리까지 밀고 들어왔다.

자정 가까운 시간인데 문자 수신음과 함께 휴대폰 액정에 문자 앞머리가 솟았다. 언니겠지. 이쪽에서 문자를 읽지 않으면 잠자리에 든 줄 알겠지. 글이 잘 풀리던 차였다. 문자로 한번 대화가 시작되면 도통 끝낼 기미를 안 보이는 사람이 있다. 그런 한편, '그럼, 이만 안녕'은 또 자기가 해야 직성이 풀리는 사람…. 진해 언니가 그런 사람이었다. 언니의 문자 쓰는 속도는 가히 세계 챔피언감이었다. 내 쪽에서 답 문자를 찍고 있는 그새를 못 참고, 언니 쪽에서 새 말풍선이 팝콘 알 튀기듯 솟아오르곤 했다. 그러다 보니, 내가 쓰는 답 문자는 타이밍을 벗어나 뒷북을 치거나 동문서답하는 꼴이 되기 일쑤였다. 정작 만나면 언니는 말이 많지 않았다. 그렇다고 전화를 자주 걸어오는 것도 아니었다. 그나마 오는 전화는 대부분, 엄마 신상에 관해 뭘 확인하거나 알려주는 내용이었다. 문자 대화에서 언니는 다른 사람 같았다. 나와 아주 친하고, 나를 아주 잘 아는 사람처럼 굴었다. 그래서 나는 언니가 치과의사인 형부와 건강한 아들, 딸 하나씩 두고 잘 사는 듯 보이지만, 사실은 각방을 쓴 지 오래고, 막내가 대학에 들어가면 '졸혼'을 생각하고 있단 것도 알게 되었다. 오빠가 올케 명의로 양평에 방 두 개짜리 아파트를 사고 안사돈의 자동차를 바꿔준 것도 언니에게서 문자로 들었다. 하나같이 내가 알아봐야 별 소용이 없는 내용이었다. 할 말을 모아 한꺼번에 묶어 보내도 될 터인데 문자를 한 마디씩 끊어서 보내오는 바람에 문자 수신음이 계속 울렸다. 하는 수 없이, 휴대폰을 무음으로 바꾸었다.

'단역배우 김순효 씨' 편의 오프닝 대본은 순조롭게 마무리되어 갔다. 촬영본은 용석에게 보내기 전에 기본적인 편집이 필요할 듯했다. 카메라를 켜놓은 줄 몰라서 의도치 않게 몰래카메라처럼 녹화된 장면도 있고…. 방송이란 게 원래 그렇듯, 잘못 찍힌 게 더 재미있어 보이기는 했다. 그래서 굳이 잘라내 버리지 않고 노트북에 옮겨 별도의 파일로 저장했다.

촬영분에서 한 군데, 원고로 잘 풀리지 않는 부분이 있었다. '후회' 파트에서 엄마가 가장 후회한다는 게 뭔지, 포인트가 선명히 잡히지 않았다. 추운 날씨에 노름판으로 아버지를 찾아 나선 것인지, 누구한테 아기를 맡기지 않고 업고 나간 것인지, 그 일을 겪고도 아버지와 헤어지지 않았다는 것인지…. 물론, 그 전부일 수도 있겠지만, 작가인 내겐 자막에 담을 선명한 단어와 문장이 필요했다. 지금도 맨날 생각할 정도로 엄마가 가장 후회하는 게 뭘까…. 화면을 확대해 계속 되돌리기를 하며 엄마 얼굴을 주시했다. 혹시 표정에서 그걸 읽을 수 있을지도 몰랐다. 확연한 변화가 느껴지는 지점이 있었다. 표정이 아닌 목소리였다. 빠르고 높은 어조로 말하던 엄마 목소리가 갑자기 확 낮아져 볼륨을 키워야 했다. 처음엔 촬영 중에 사운드 에러가 났나 싶었다. 원고에 '자막 처리'라고 표시하고 그 부분에서 엄마가 한 말을 그대로 따서 글로 옮겼다.

얼라가 목이 말랐다 안 합니꺼. 바깥에 눈이 천지빼까린데, 눈이라도 먹였다믄, 눈이라도 뭉쳐서 입에 넣어줬다믄….

쓴 걸 소리 내 읽어보다 나도 모르게 물병에 손이 갔다. 연이어 작년에 엄마와 산에 올랐던 때가 떠올랐다. 엄마 집에서 지하철로 대여섯 정거장 가면 있는 산이었다. 거의 매일 오르는 산이라면서 엄마는 길을 잃었다. 나는 엄마가 길을 잃은 걸 눈치채지 못했다. 긴 나뭇가지를 지팡이 삼아 가붓이 앞서 걸으며 저기 봐라, 여기 봐라, 길잡이 하는 사람을 보고 길을 잃었다고 알아채긴 쉽지 않은 일이다. 심한 평발이기도 해서 더운 날씨에 한 시간 넘게 울퉁불퉁한 산길을 걷다 보니 나는 탈진 상태가 되었다. 그렇다고 팔순인 엄마 앞에서 먼저 맥을 놓을 수는 없었다. 목이 타들어 가는 것 같아 연신 물을 마셔댔다. 현재 있는 곳이 어딘지 모르니 발아래로 내려다보이는 근사한 경치도 제대로 눈에 들어오지 않았다. 편평한 바위가 눈에 띄어 대번에 걸터앉으며 엄마에게 좀 쉬어가자 했다.

물병이 바닥을 보이고 있었다. 내가 물병을 두 번 비울 동안 엄마는 딱 한 번 물병을 가져갔다는 것을 깨달았다. 물병은 내 가방에 넣어서 갖고 다녔고 엄마는 점퍼 주머니에 넣은 휴대폰 빼고는 몸에 아무것도 지니고 있지 않았다. 엄마에게 물병을 내밀었다. 엄마가 물병 아가리를 입술에 대지 않고 물을 떨구듯이 마셨다. 겨우 한 모금. 내가 남은 물을 입에 죄 들이붓고 빈 병을 가방에 넣은 후에야 엄마는 길을 잃었다고 고백했다. 거기서부터 산을 되짚어 내려오는 도중에 약수터를 만났다. 이 산에 그리 자주 오르면서도 약수터가 있는 걸 몰랐다며 엄마는 감탄사를 화난 사람처럼 뱉었다. 내가 약수터에 걸린 표주박으로 물을 두 번 퍼서 질질 흘려가며 마시는 동안 엄마는 내 옆에서 뒷 짐 진 채 가만히 있었다. 턱으로 다른 표주박을 가리키자 엄마가 그걸 집어 물을 떴다. 입술이 바짝 말라붙었는데 엄마는 바로 물을 마시지 않았다. 표주박 속 물에 얼굴이 라도 비춰 보는지 잠시 그대로 있다가 마셨다. 겨우 두 모 금. 그때 짚어졌더랬다. 평소에도 엄마가 물을 잘 마시지 않았다는 게….

나는 영상을 되돌려 몇 번을 다시 보았다. 끝부분에 엄마 가 카메라를 향했던 시선을 허공으로 옮기고 잠시 말을 끊 는 장면이 있었다. 그때 넣으면 좋을 자막이 떠올랐다.

그로부터 오십 년이 흐르는 세월 동안 김순효 씨는 마음 놓고 물 을 마셔본 적이 없습니다.

시계를 보니, 새벽 1시 15분이었다. 언니에게서 오던 문 자는 끊긴 상태였다. 앞서 보내온 걸 읽으려 대화창을 열었 지만 한꺼번에 다 읽기엔 문자가 너무 많고 길었다. 엄마 말대로, 마지막 문자에서 언니는 우리가 있는 한옥 주소를 묻고 있었다. 나는 주소를 남기고 그 김에 한 마디 더 적었다. 잠자리에 들었다면 내일 확인하겠지.

　– 언니는 엄마가 물을 잘 안 마시는 이유를 알아?

　어디서 윙, 하는 기계음이 들렸다. 부엌의 냉장고가 돌아가는 소리 같기도 하고, 선득한 날씨면 여지없이 도지는 이명인 듯도 하고…. 물병으로 머리를 툭툭 치면서 입을 크게 벌렸다가 다물기를 반복했다. 이명을 퇴치하는 나름의 처방책이었다. 차도 없이, 소리는 오히려 더 커졌다. 아무래도 작업을 계속하긴 힘들 것 같아 그만 누우려는데 뜻밖에 언니에게서 답 문자가 들어왔다.

　– 뭔 소리야, 뜬금없이.
　– 엄마가 평소에 물을 잘 안 마시잖아, 왜.
　– 근데.
　– 그 이유를 아느냐고.
　– 당연히 알지.
　– 역시 언닌 아는구나.
　– 엄마가 신장이 안 좋잖아. 왜? 넌 것도 몰랐어?

선운사

선운사로 가는 길은 가을과 겨울이 공존한다는 소릴 들은 적 있었다. '한국의 가을'이란 테마로 특집 다큐멘터리를 만든 적 있는 선배에게서였다. 미국에 있을 때 가을이면 인철과 단풍 명소를 찾아 드라이브를 하곤 했다. 헬기를 타고 하늘에서 내려다보기도 했다. 그래서 나는 광활한 땅에 걸맞게 거대하고 웅장한 미국식 단풍에 익숙하다 할 수 있었다. 한국에서 살 적에는 제대로 단풍 구경을 가본 적이 없었다. 한국의 단풍 명소를 일부러 찾아온 건 선운사가 처음인 셈이었다. 선운사에 와보니, 선배 말이 실감 났다. 늦가을이란 게 무색하게도, 아직 단풍이 풍성한 나무와 그 사이사이로 빈 가지만 남은 나무가 섞여 있었다. 선배가 한말 그대로, 선운사 단풍은 절정을 넘긴 단풍의 또 다른 절정을 보는 듯했다. 이질적인 것들의 절묘한 어우러짐…. 실제로 본 단풍은 자료 영상에서보다 색의 선명도가 떨어져 보이는 것이, 오히려 더 진짜처럼 보였⋯ 아니, 진짜였다.

나는 합심한 듯 도솔천을 향해 머리 숙인 나무들을 한동안 카메라에 담았다. 기울어진 나무에서 짧은 시차를 두고 떨어지는 색색의 나뭇잎이 한 올 한 올, 물 위에 수를 놓았다. 앵글을 바꾸다가 보니, 물가 쪽으로 빼곡하게 쌓인 돌탑이 뷰파인더 안에 들어왔다. 갖가지 크기와 모양의 돌을 낮게 혹은 높게 층층이 쌓은 것들이었다. 누가 건드렸거나 바람에 무너진 듯 돌탑의 흔적만 남기고 맥없이 흩어진 돌도 많았다. 더 가까이서 보려고 도솔천으로 내려가기로 했다. 경사 길이라 내가 엄마의 팔을 잡아 부축했다. 나는 어설프게 겹쳐져 위태로워 보이는 돌탑을 골라서 찍었다. '이야기'를 다루는 사람의 직업병 같은 것이었다. 아귀가 잘 맞아들어가서 반듯하게 고인 쪽보다 들쭉날쭉 투박해 보이는 돌탑에 더 눈이 당겼다. 어쩐지 더 많은 곡절이 품어져 있을 것 같아서였다. 어설퍼서 더 무력하고 어설퍼서 더 서글픈 이야기들이⋯.

엄마가 어딘가를 먼눈으로 보길래 시선을 따라가 보니 삼각대를 세워놓고 사진을 찍는 이가 있었다. 물안개에 가려 어슴푸레하다가 조금 더 다가드니 승복 차림의 스님이 보였다. 어깨에는 파란색 등산용 배낭을 둘러메고 있었다.

스님은 우리를 보더니 합장하며 정중히 고개를 숙였다. 화급히 같은 동작을 취하던 엄마가 어정쩡하게 서 있는 나를 팔꿈치로 꾹 찔렀다. 허리를 낮추며 더 가까이서 보니, 스님은 스무 살 언저리로밖에 보이지 않았다. 엄마가 두 손을 모은 채 물었다.

– 여기 계시는 스님이셔요?

스님이 수줍게 웃으며 고개를 저었다. 엄마는 삼각대 위의 카메라를 한 번 쳐다보고 이어, 스님 보라고 내 손에 들린 카메라를 가리켰다. 그러면서 내 의향은 묻지도 않고, 내가 스님의 기념사진을 찍어줄 거라고 했다. 스님은 괜찮다고 손을 흔들며 아까보다 더 수줍게 웃었다. 그때부터 엄마는 이쪽저쪽 손가락질해 가며 스님에게 사진 찍으면 좋을 만한 곳을 짚어주기 시작했다. 스님은 엄마의 손끝에 신중하게 시선을 맞추며 자주 고개를 끄덕였다. 스님이 안 그래도 찾는 곳이 있다고 하자 엄마는 대충 어딘지 짐작 간다며 스님에게 같이 가자고 했다. 정말로 아는지 확인하려 엄마 팔을 슬쩍 당기는데 엄마가 내 손을 슬그머니 밀쳤다. 스님이 카메라 렌즈를 본체에서 떼어내 가방에 넣고 삼각대를 접는 동안에도 엄마는 쉬지 않고 말했다. 선운사는 단

127

풍이 한창일 때보다 지금이 더 운치 있다는 게 주요 골자였고 나머지는 모두 그걸 뒷받침하는 내용이었다. 엄마가 '운치 있다'를 '운빨 있다'고 잘못 말했지만, 스님은 제대로 알아들었는지, "아! 그렇군요" 하며 고개를 끄덕였다.

함께 도솔천가를 걷는 동안에도 엄마는 스님에게 계속 말을 걸었다. 자꾸 뭘 묻는 눈치였다. 두어 발짝 뒤에서 걸으며 나는 부모님은 생존해 계시는지, 형제는 몇 명이나 되는지, 젊은 나이에 왜 속세와 연을 끊고 사는지 등 난감한 질문을 엄마가 스님에게 할까 봐 노심초사했다. 엄마와 스님은 시종 대화를 나누면서 돌탑 사이를 잘도 비켜 걸었다. 말 그대로, 발에 차이는 게 돌탑이라 나는 의도치 않게 몇 개를 건드려 무너뜨리고 말았다. 가는 도중에 쪼그려 앉아 돌탑을 쌓는 한 아이를 보았다. 나는 발을 멈추고 얼른 카메라를 켜서 그 모습을 포착했다. 초상권 문제를 고려해 아이 얼굴이 안 나오게 돌을 클로즈업했다. 납작한 돌이라야 잘 쌓일 텐데 아이는 집히는 돌 아무것으로나 쌓느라 애를 먹고 있었다. 심지어는 아랫돌보다 더 큰 돌을 위에 올리기도 했다. 새 부리처럼 뾰족하게 내민 입술은 토실한 뺨에 가려 끝만 보였다. 얼핏 고개를 돌려보니, 엄마가 스님의 승복 소매를 잡아끌다시피 하며 한참 앞서 걷고 있었다. 엄마가 뒤돌더니 나를 향해 물에 빠진 사람처럼 양팔을 허우적거렸다.

– 경주야! 카메라, 카메라!

카메라를 끄고 잰걸음으로 따라붙으려 했지만, 자갈밭이라 자꾸 뒤뚱댔다. 축지법이라도 쓰는지 스님과 엄마는 그새 보이지 않았다. 스니커스 안에 뭐가 들어간 듯 뒤꿈치가 배겼다. 바위에 기대 신발을 벗자 작은 돌멩이 몇 개가 튕겨 나왔다. 다시 신을 챙겨 신고 자갈밭을 피해 흙바닥 쪽으로 뛰어갔다. 엄마 목소리가 들리는 쪽으로 가니, 엄마와 스님이 풀숲 안에서 뭔가를 들여다보고 있었다. 꽃이었다. 선명하게 붉은색 꽃. 사진에서 본 기억이 있는데 이름은 기억나지 않았다. 마늘종처럼 생긴 녹색 꽃대에 잎사귀 하나 없이 꽃잎만 달려 있었다. 곡선으로 올라간 꽃잎은 분장을 마친 여배우의 속눈썹 같았다. 엄마가 손가락 끝으로 꽃잎을 건드리며 말했다.

– 경주야, 보그래이. 상사화데이. 요맘때면 마카 지고 없는데 희한허게 선운사에만 요래 남아 있는 기라.

스님도 짊어진 배낭을 바닥에 내리고 카메라를 꺼냈다.

당신을 찍어주는 줄 알고 꽃잎 가까이 얼굴을 가져가던 엄마가 스님이 꽃만 찍자 민망함을 수습하려 남자처럼 크게 웃었다. 그제야 상황을 눈치챈 스님 얼굴이 상사화처럼 붉어졌다. 스님은 대번에 카메라를 엄마 쪽으로 돌리더니 초점도 못 맞추고 셔터를 눌러댔다. 엄마가 포즈를 자꾸 바꾸는 바람에 그럴 수밖에 없어 보였다. 그사이, 상사화를 촬영하고 있던 내게 엄마가 사진을 찍어달라고 외치는 소리가 들렸다. 휴대폰을 꺼내 구도를 잡는데 엄마가 카메라를 가리켰다. 영상으로 찍으라는 말 같았다. 카메라를 켜서 그쪽으로 향하니 엄마가 큐 사인을 달라는 듯한 신호를 보내왔다. 영문 모르는 채, 손가락으로 'O'를 만들어 보였다. 엄마는 헛기침을 몇 번 해서 목을 다듬더니 카메라를 정면으로 보며 꽃을 가리켰다.

— 이 꽃의 이름은 상사화라고 하여요. 선운사에 이 꽃이 유독 피는 이유가 있다고 하여요. 여기 계신 스님처럼 젊은 선운사 스님 한 분이 불공드리러 온 아가씨를 보고 첫눈에 반했다고 하여요. 아가씨를 연모하던 스님은 사랑을 이룰 수 없으니 그만 시름시름 앓다 죽었다고 하여요. 그 뒤로 아가씨 같은 이 붉은 꽃이 선운사에 피어났다지요. 상사병 걸린 스님을 닮았다 해서 이름도 상사화가 됐다고

하여요.

말을 마친 엄마가 기대에 찬 표정으로 스님을 바라보았다. 이제까지 본 스님의 성정이라면 선운사 관광 가이드 연기를 해보인 엄마에게 손뼉을 쳐줄 타이밍이었다. 그런데 손뼉 치는 대신, 뭔가 할 말이 있는데 하기는 뭣하다는 듯 스님의 입술 양 끝이 비대칭으로 올라갔다. 스님은 손을 동그랗게 오므려 입 앞에 대더니 안 나오는 기침을 억지로 하고는 말을 시작했다.

－ 저… 보살님. 이 꽃은 상사화가 아니라 꽃무릇이지요. 상사화하고 비슷하면서도 다른 꽃이랍니다. 상사화는 잎과 꽃이 나오는 시기가 달라서 붙여진 이름이지요. 잎과 꽃이 서로를 그리워한다는 뜻에서요. 상사화와 꽃무릇은 생김새가 비슷하지만 잎과 꽃이 나오는 순서가 다르답니다. 상사화는 잎이 먼저 올라오고 꽃무릇은 꽃이 먼저 올라오지요. 꽃무릇은 여기 선운사 외엔 피는 곳이 거의 없는데 그나마 다른 곳에도 부처님을 모신 절 부근에서만 피어난다고 합니다. 그 이유는 우리 같은 중생은 모를 일이지요. 오로지 부처님만 아실 터이지요. 나무 관세음보살.

스님이 상사화, 아니, 꽃무릇에 대고 합장하며 고개를 숙이자 엄마도 얼른 손바닥을 붙이고는 스님보다 더 깊게 허리를 숙였다. 옆에서 웃음을 참느라 나는 카메라를 들여다보는 척했다. 스님은 꽃무릇을 배경으로 기념사진을 같이 찍자는 엄마의 청을 거절하지 않았다. 다만, 방송 촬영인 걸 알고는 방송에 얼굴이나 목소리가 나가는 일은 없게 해달라고 말했다. 스님이 카메라를 챙기는 사이, 모르는 사람과 사진을 굳이 왜 찍느냐고, 소리 안 내려 이를 앙다물고 내가 말했다. 엄마가 어이없다는 듯 나를 노려보았다.

– 여기꺼정 같이 오믄서 울매나 말을 많이 했는데 우예 스님이 모르는 사람이고.

그러고서 엄마는 나 보란 듯 저벅저벅 걸어가 꽃무릇 앞에 먼저 가 섰던 스님의 팔짱을 꼈다. 그 바람에, 뷰파인더 속에서 스님은 멋쩍게, 엄마는 해맑게 웃고 있었다.

선운사 경내로 들어가는 입구에서 나이 지긋한 스님을 만났다. 노스님에게서 젊은 스님은 가고자 하는 곳의 위치를 제대로 안내받을 수 있었다. 스님이 이만 여기서 작별하겠습니다, 하면서 엄마에게 합장으로 인사할 때 엄마는 스님 때문에 눈시울이 붉어지고 나는 엄마 때문에 얼굴이 붉어졌다. 엄마는 어떤 식의 헤어짐이든 이별에 약했다. 갓 스무 살도 안 된 처녀 식모가 장롱을 뒤져 현금을 죄 들고 도망갔을 때도 그랬다. 엄마는 경찰에 신고할 생각일랑 아예 하지 않았다. 아버지는 처녀가 화장대에 있던 금반지를 못 봐서 두고 갔다며 가슴을 쓸어내렸는데 엄마는 거기 도금 불상이 있어 처녀가 반지를 차마 못 건드린 거라고, 목격자처럼 주장했다. 엄마는 처녀가 벗어두고 간 주름치마를 부여잡고 방구석에서 훌쩍이다 언니에게 들켰다. 언니는 들고 있던 책가방을 냅다 집어 던지고 나가 그날 또 안 들어왔다.

엄마는 등 돌려서 가는 스님의 뒷모습을 한참 동안 지켜보았다. 그만 가자고 내가 엄마 팔을 슬쩍 잡아끌었다. 못 이기는 척 발을 옮기면서 엄마는 몇 번이나 고개를 돌렸는데 그러는 내내, '나무 관세음보살'을 한숨처럼 중얼거렸다. 군대도 안 갔을 것 같다고 혼잣말한 걸 들었는지 엄마가 나를 대번에 흘겨보았다.

— 뭐라카노, 니 같으믄 군대 가기 싫타꼬 절로 들어가것나?

군대도 안 갔을 것 같다는 건 스님이 어려 보인다는 뜻이었다고 말하려는데 엄마는 나를 향해 새 쫓듯 손을 흔들며 종종걸음 쳐 앞질러 갔다.

법당 앞에 당도하자 한 여스님이 엄마를 알아보고는 합장하며 다가들었다. 엄마와 안부를 나누던 중 스님이 내 쪽을 쳐다봤는데 엄마는 딱히 날 인사시킬 생각이 없어 보였다. 엄마와 스님은 연등을 매달고 거기에 누구 이름과 생년월일을 적을지, 아직 반년이나 남은 사월 초파일에 할 일을 도모했다. 여스님은 장부에 기록해야 한다며 승방 쪽으로 가고, 근처 있던 다른 스님이 우리를 법당으로 인도했다.

법당으로 먼저 올라서면서 엄마가 신발을 벗자 샛노란 양말이 고스란히 드러났다. 거대한 불상 앞에 선 엄마는 양팔을 체조하듯 크게 벌려 돌린 뒤 모으고 90도 넘게 허리를 꺾었다. 나는 안 들어가고 문 앞에 서서 쪽마루에 앉을까, 말까 망설였다. 발바닥이 너무 아파서 스니커스를 벗고 발을 좀 주무르고 싶었다. 곁에서 합장한 채 서 있는 스님이 다른 곳으로 가주길 기다렸다. 법당 안에서 엄마는 익숙한 동작으로 한쪽에서 두툼한 방석을 끌고 와서 깔고 앉았다. 불공을 제대로 한 차례 드리고 갈 참인 듯했다. 방석 위에 무릎 꿇고 앉은 엄마는 평생 면벽 수행한 고승처럼 뒤도안 보고 말했다.

– 니는 안 들어오고 거서 뭐 하노?

사선으로 멘 카메라 가방을 쪽마루에 내려놓으려다 얼른
도로 들었다. 선뜻 법당 안으로 들어서지는 못했다. 내가
미국에 가서 크리스천이 되었다는 건 엄마도 알고 있었다.
아는 정도가 아니었다. 엄마가 미국에 다니러 왔을 때 같이
교회에 간 적도 있었다. 일요일에 혼자 집에 계시기 뭣하니
다 같이 교회 갔다가 드라이브 다녀오자는 인철의 제안을
엄마는 흔쾌히 받아들였다. 인철이 권하지 않았다면 당신
이 먼저 교회에 데려가 달라고 할 참이었는지, 엄마는 번개
같이 옷을 갈아입고 우리보다 먼저 문밖에 나가 기다렸다.
목깃과 가슴께에 큐빅 말고도 반짝이까지 박힌 옷이라 교
회에서 엄마는 그 누구보다 빛났다. 그새 또 언제 미국 인
사법을 익혔는지, 엄마는 보는 사람마다 끌어안기부터 했
다. 연로하신 목사님과 장로님도 예외가 아니었다.

나는 앞쪽 성가대석에 앉아야 해서 엄마는 인철과 함께
신도석에 앉았다. 성가대 찬양이 끝날 무렵, 강대상 앞에
선 목사님이 두 팔을 올리자 신도들도 팔을 들고 노래를 따
라 불렀다. 그 속에서 양팔을 치켜들 뿐 아니라 좌우로 몸
을 흔드는 엄마가 보였다. 시선은 가사가 표시되는 TV 모
니터에 맞춰져 있었다. 멀리서 봐도, 엄마가 얼마나 큰 소

리로 노래를 부르는지 알 수 있었다. 예배가 끝난 뒤, 불교 신자면서 왜 찬송가를 그리 열심히 따라 불렀냐고 묻자 부처님이고 예수님이고 불쌍한 중생 생각하는 마음은 매한가지라는, 마치 신흥 통합 종교의 교주 같은 대답이 돌아왔다. 운전하던 인철은 후방 거울로 엄마를 보며 모태 크리스천인 자기보다 엄마의 믿음이 더 신실하다고 진심을 담아 말했다.

법당 안에 있던 스님이 만면에 미소를 띠고 내 쪽으로 오더니 안으로 들어오라고 했다. 덕과 연륜이 동시에 느껴지는 노스님에게 싫다고 말할 용기가 나지 않아 신을 벗고 안으로 들어갔다. 스님이 내어주는 방석을 주섬주섬 받아들고 엄마 옆에 가 무릎 꿇고 앉았다. 엄마는 눈을 감은 채 불경 같은 걸 외고 있었다. 숨을 들이쉴 때도 외기를 멈추지 않아서 주기적으로 공기가 목구멍 안으로 빨려 들어가는 소리가 났다. 나는 몸을 엄마 쪽으로 기울여 그 귀 가까이에 입을 대고 속삭였다. 나는 예수님을 믿기에 이 자리가 불편하다고…. 안구건조증이 심한 엄마가 오래 감고 있던 눈을 뜰 때 '쩍' 하는 소리가 작긴 해도 분명히 났다. 엄마는 앞쪽에서 정좌하고 목탁을 두드리는 노스님의 등에 시선을 고정한 채 손 가림막을 세우고 모의하듯 작은 소리로 말했다.

― 오늘만 저 부처님이 느그 예수님이다 생각하고 기도
하그라. 두 분 다 고마, 그 정도는 안 봐주시겠나?

고인돌

세계 최대 고인돌은 사람들이 두고 떠난 논이 습지로 변한 곳에 자리하고 있었다. 멸종위기에 처했거나 흔히 볼 수 없는 동식물이 800종 넘게 서식한다는 운곡습지…. 엄마는 여기도 한두 번 다녀간 게 아닌 듯했다. 탐방 안내소에서 생태공원까지 운행하는 셔틀버스—이름은 '열차'인—를 타고 가는 동안 습지에서 봤다는 것들을 손가락으로 꼽기 시작했다. 가시연꽃, 물장군, 황새, 말똥가리, 직박구리…. 열 손가락이 전부 접히자 엄마는 그걸 다시 펴고 "그게 이름이 뭐더라?" 하며 그게 뭔지 알 도리 없는 내게 자꾸 물었다. 결국, 휴대폰으로 인터넷을 뒤져 운곡습지에서 살고 있다고 추정되는 동식물 종류를 줄줄이 불러주었다. 그중에서 봤던 게 나오면 엄마는 손바닥을 맞부딪거나 춤추듯 어깨를 들썩였다. 엄마는 저수지를 낀 산책로에서 촬영할

게 '억수로' 많다며 도중에 내리자고 했으나 내가 만류했다. 해 길이가 부쩍 짧아져 지체하다간 고인돌을 제대로 못찍을 것 같았다. 야경 촬영까지는 아직 자신 없었다.

셔틀버스를 내린 곳에서 너른 잔디밭을 지나 조금 걸어들어가니 나무에 둘러싸인 고인돌이 저만치에서 보이기 시작했다. 나는 엄마보다 몇 발 뒤에서 고인돌로 다가드는 엄마 뒷모습을 찍었다. 그러다 서서히 줌아웃하면서 고인돌쪽으로 초점을 바꾸어갔다. 표면의 푸르스름한 이끼 같은 것도 그렇고, 멀리서 보는 고인돌은 어쩌다 보니 그 자리에 굴러와 고인 바위처럼 보였다. 그래서 한 발 한 발 가까워지는 사이 조금씩 비밀이 벗겨지듯, 육중한 돌을 양쪽에서 힘겹게 받친 굄돌이 드러났을 때 얼핏 감격스럽기까지 했다. 자연적인 바위가 아니라면 도대체 누가, 왜, 여기에다돌을 고였을까…. 돌계단을 올라 내 눈앞에 온전히 드러난 300톤의 거석 앞에 서서, 나중에 자막으로 넣을 내용을 머릿속에 메모했다.

그 모든 답을 알고 있는 사람들은 떠나고 없지만, 그 모든 답을 알고 있는 고인돌만은 남아 삼천 년 동안 이곳을 지키고 있다.

고인돌을 풀숏으로 잡기 위해 나는 돌계단을 다시 짚어

내려갔다. 이쯤에서 엄마도 프레임에 같이 들어가면 좋을 것 같아 줌아웃해 카메라로 엄마를 찾았다. 뭘 하는지, 엄마는 한쪽에 등 돌린 채 작은 고인돌처럼 쪼그려 앉아 있었다. 바로 옆에 가 섰는데도 반응이 없었다. 고개를 디밀고 보니, 엄마는 돌맹이를 쌓고 있었다. 그제야 내 기척을 느꼈는지 손을 계속 놀리며 엄마가 중얼거리듯 말했다.

 ― 야야, 고인돌이라 카믄…. 밑에서 요래 받쳐주는 돌이 고인돌이가, 위로 올라가는 요놈이 고인돌이가.

 그러니까 엄마는 돌탑을 쌓는 게 아니라 고인돌을 만들고 있다는 뜻인 듯했다. 엄마는 밑에 돌 두 개를 받쳐놓고 그 위에 길쭉한 돌을 고이려 애쓰고 있었다. '고인돌'이라 하면 누구든 맨 먼저 떠올릴 탁자식 고인돌인 셈이었다. 크기가 작아 그렇지, 엄마의 고인돌은 모양새가 그럴듯해 보였다. 혼잣말인 줄 알았는데 아니었던 듯, 엄마가 고개 들어 나를 올려다보았다. 엄마가 만드는 고인돌을 카메라 뷰파인더로 보면서 생각나는 대로 대답했다.

 ― 아래위 돌을 합쳐서 고인돌이겠지. 따로가 아니고….

내 말이 채 끝나기도 전에 엄마가 크게 고개를 끄덕였다. 모르는 걸 알았다기보다 이미 알고 있는 걸 확인했다는 듯이….

— 하모, 받쳐주는 눔 없이 저 혼자 무슨 수로 고인돌이 되것노.

굄돌 없이 땅에 구멍을 파고 그 위를 뚜껑처럼 덮는 고인돌도 있다고 말하려다 말았다. 엄마는 굄돌을 바닥에 대충 고인 게 아니라 땅을 파고 아래쪽을 묻었다. 처음 만들어보는 솜씨가 아닌 듯했다. 위에다 올린 길쭉한 돌은 굄돌과 아귀가 잘 들어맞지 않아 금세라도 떨어질 듯 불안해 보였다. 엄마는 오리걸음으로 걸어가 돌멩이를 더 주워 왔다. 그리고는 양쪽으로 굄돌이 됨직한 돌을 다시 골라 고이고 윗돌을 다시 얹었다. 이번에는 용케 윗돌이 떨어지지 않았다. 일어서려는지 엄마가 두 손을 무릎 위에 얹고 힘을 주었다. 내가 내미는 팔을 잡고 엄마는 한참 동안 쪼그렸던 다리를 힘겹게 일으켰다. 구부정한 허리 뒤쪽을 주먹으로 두들기며 엄마가 말했다.

— 뭔 연고로 고인돌이 고창에 이리 몰카져 있을꼬. 아까

뻐스에서 운전하던 양반이 말해줏는데 고새 이자뿌릿네.
다 합쳐서 고창에 고인돌이 몇 개라 카드노?

셔틀버스 안에서 그때 다른 생각을 했는지 나는 들은 기
억이 없어 휴대폰을 꺼내 들었다. 인터넷으로 찾은 것을 엄
마에게 그대로 읽었다.

– 고창 지역에만 무려 천오백 기가 넘는다. 숫자만 따지
면 단위 면적당 밀집도가 세계에서 가장 높다. 고창에서 유
네스코 세계문화유산에 등재된 고인돌은 사백사십칠 기다.
고창 고인돌의 특징은….
– 뭐라카노. 얼추 봐도 그보다 백배, 천배는 더 많겠구마
는. 봐라, 여그, 저그….

엄마가 가리키는 곳에는 땅바닥이며 바위 위에, 도솔천
주변과 선운사 법당 뒤에서 본 것처럼, 사람들이 쌓은 돌탑
들이 빼곡했다. 엄마가 돌계단에 주저앉더니 신발을 벗었
다. 생태계 교란을 방지하기 위해 습지를 나갈 때는 신발을
털어달라던 가이드의 말을 실천하려는 것 같았다. 그 모습
도 의미가 있는 것 같아 찍으려 하니 엄마가 돌계단에 대고
신발을 털면서 한 손으로 돌탑 쪽을 가리켰다. 카메라 방향

을 그쪽으로 돌리고 줌아웃해서 돌탑들을 담을 수 있는 만큼 최대한 많이 담았다. 뷰파인더 속 돌탑들 위로 엄마 목소리가 내레이션처럼 흘렀다.

　– 천지가 고인돌이데이. 고마, 고인돌이 천지빼까린기라.

◉REC #8 : 못 잊을 사람

살면서 많은 사람을 만나게 되지요. 어떤 사소한 만남이든 인연이라고들 해요. 그래도 살면서 내내 잊지 못할 특별한 인연은 또 있게 마련인데요. 김순효 씨 인생에 혹시 그렇게 남다른 인연이라 생각되는 분이 있나요?

하모요. 있지예. 유독 못 잊을 사람이 있긴 헌데… 아무한테도 말한 적이 없어놔서, 내사 마, 제대로 이야기할 수 있을랑가 모르것네예. 그거를 내가 맨정신에 할 수 있을랑가… 옴마야, 안 되것네. 경주야, 뽀즈 좀 해봐라. 심장이 와 이리 요동을 치노.

⏸ PAUSE

내보다 한 열 살 정도 덜 먹지 않나 싶어요. 살아 있으믄 칠십을 넘겼을라나….

돌아가신 분인가요?

그랬지예. 하마 오래전에 세상 떴지예.

처음에 어떻게 만나시게 됐나요?

그러이까네 저짝은…. 내하고 연이 있는 게 아니고예. 애들 아부지하고…. 우리 집 그 냥반하고 연이 있는 사람이라예. 그라이까네, 그기…. 그 냥반이 혼인했던 여자라예.

남편분하고 결혼했던 분이라고요? 그럼, 김순효 씨 이전에….

은지예. 그 냥반이 내하고 혼인하기 전이 아니라 내하고 결혼한 다음이라예. 내하고 혼인하고 그 여자하고 또 혼인한 기지예. 지금이야 기함할 일이지만서도, 그때는 서류 한 장 띠는 기 쉽지 않던 시절이라 그런 일이 왕왕 있었다 캐요. 그라니까네, 저짝은 전처도 아니고, 후실도 아닌 택이지요. 암것도 모르고 우리 집 냥반하고 결혼한 기라예. 그 냥반이 총각인 줄 알고요. 하이고, 말하다 보니 또, 심장이 벌렁거려 쌓네요. 우째야 되노, 이 노릇을….

⏸ PAUSE

김순효 씨는 그 사실을 전혀 모르셨던 건가요.

몰랐지예. 까맣게 몰랐는 기라요. 워낙에 집에 안 붙어 있는 냥반이라 안 들어와도 그런갑따 했지예. 뻐뜩하면 고향에도 다니러 갔고요. 그 냥반 고향에 선산이 있어요. 그 냥반이 야금야금 팔아묵꼬 지금은 땅이 얼마 안 남았지만서도 조상님들 산소 자리는 고대로 있지예. 그 냥반이 종손이라예. 논농사도 쏠찬히 짓고 산밭에 밤하고 대추 농사도 짓고 했지예. 가을에 소출이 나면 팔아서 살림에 보텔 생각은 안 허고 동네 사람한테 나눠주기 바빴지예. 나중에는 선산 논밭에서 난 걸 동네 사람들이 말도 안 하고 맘대로 퍼다 나르는 기라예. 그래노이 고향 가면 그 냥반이 대접을 억수로 잘 받는기라요. 동구 녘에 그 냥반이 쓴 맥고모자가 보이면 동네 사람들이 버선발로 뛰나와서 부산 사장님 오셨다꼬…. 그 소리 들을라꼬 한 달에 반은 거기 가서 살았어예.

한 집 건너 그 냥반 일가친척이라 결혼하고 처음에는 내도 따라가서 인사도 다니고 농사일도 거들었지예. 거그, 내하고 나이도 비슷하고 친정 동네가 가까운 아지매가 한 사람 있어예. 그 냥반하고 어려서부터 같이 자란 동무가 그 아지매 바깥 양반이고예. 애들 아부지가 딴살림 차린 것 같다고 눈치채고 내한테 처음 귀띔해 준 이가 그 아지매라예.

어떻게 그런 일이…. 그러면 안 되는 거잖아요.

하모요. 안 될 일이지예. 하늘 무서워 우예 그런 짓을 했을까예. 대서소 하믄서 남의 편지 대신 쓰고, 남의 서류 맹글다가 남인 척하는 게 만만해졌는가…. 그때가 큰애 고등학교 들어갈 무렵이었지 싶어예. 시장 한구석에서 내가 부인네들 옷가지 팔아서 겨우 밥술이나 뜨고 살았는데 단골 아지매 하나가 다리를 놔갖꼬 목욕탕을 하나 인수했지예. 여관하고 여인숙이 나래비 섰던 골목에 있던 기 헐값에 나온 기라요. 거기가 목욕탕 자리론 말도 몬 하게 좋은 데라서 그거 해갖고 시동생들 시집, 장가 다 보냈지예. 인자 애들도 다 컸고 내 할 일 다 해뿟다 싶었는데 고마, 그 사단이 난 기라요.

하루는 그 아지매한테서 전화가 왔지예. 그 냥반 고향 오는 걸음이 부쩍 뜸해졌는데 알고 있냐꼬 묻데요. 애들 아부지가 고향에 간다 카고 딴짓하고 다니는 거 아니냐… 이 소리였는데 내가 알아먹지를 못한 기라요. 그 무렵은 선산 땅에서 소출이 난 거라 카믄서 사과며 대추를 바리바리 싸 들고 왔거든예. 나중에 생각해 보이, 다른 데서 사 가와 눈가림한 걸 내가 까맣게 몰랐는 기라요.

그라고 몇 달 지났나…. 그 아지매한테서 또 전화가 오데예. 그 냥반이 술 한잔 걸치고 그 아지매 남편한테 저짝 여자 이야길 내놓은 기라예. 아지매가 술 받으러 밖에 나간 줄 알고 친구한테 떠벌린 기지요. 돈을 안 들고 가서 집에 도로 갔다가 남자들이 해쌓는 소리를 그 아지매가 밖에서 다 들은 기라요. 저짝 집에다가 떡하니 예전 대서소 간판까지 걸었다꼬요. 그 냥반 이름을 가운데 글자 하나 바꿔갖고요. 내가 안쓰러웠는가, 아지매가 울드만요. 울면서 그라데예. 명호 엄마야, 우짜면 좋노, 저짝에 얼라도 있단다….

그러니까 남편분하고 그분 사이에 아기가…. 아기가 있었다는 건가요?

딸이라 카데요. 아들이 아니라꼬 그 냥반이 많이 아쉬워

했다 캐요. 그 냥반이 원체 아들 타령을 했지예. 우리 둘째가 딸인데 딸이라꼬 난 지 백일 되도록 이름을 안 지어주데예. 기다리다 못해 내가 성화를 해노이 큰 선심 쓰듯이 지어주겠다 카데요. 그라드만 난데없이 지도를 펴쌓는 기라요. 지도를 요래 보더마는 딸 이름이라꼬 하나 내놓데요. 진해라꼬…. 하이고, 울매나 성의가 없어놓으면 우리가 살던 경상도를 못 벗어나는 기라요.

그 냥반이 딴살림 차렸다꼬 말 전해준 아지매가 내한테 그래요. 와 놀라지를 않냐꼬요. 식겁해서 기절해도 시원찮을 판에요. 내가 암만 캐도 각오가 쪼매 돼 있었지 않나 싶어예. 노름도 모자라 여자들 치맛자락 쫓아다니는 게 배냇병이다 보이 어디서 그 냥반 씨를 받아 아장아장 걸어댕기는 얼라가 두엇은 안 있겠나, 그리 어림짐작을 했지 싶어요. 그래도 우예 아무렇지도 않았겠어예. 며칠 잠 못 자고 고민을 했지예. 그런데 당최 뭘 우예야 될지 모르겠는기라요. 첩실을 본 것도 아니고, 초례상을 제대로 차리고 여자 집에서 혼인을 했다 카는데….

그렇다꼬 그 냥반한테 아는 척도 몬 하지예. 어디서 누구한테 들었냐고 물으면 그 아지매가 경을 칠 테고, 모르는 척 하자니 속에서 천불이 나고요. 고마, 내 두 눈으로 확인부터 해보자 싶데예. 저짝 여자 사는 데를 아지매가 어슴푸레 들었다 카데요. 주소는 모르고, 어디 시골이라 카는데 동네 이름 들고 한번 찾아가 보기로 했지예. 사는 동네만 맞으면 대서소 간판을 찾으면 안 되것나 싶데요.

그 냥반이 밤 기차로 고향 간다고 나서고 다음 날 아침에 고향 아지매한테서 전화가 왔지예. 그 냥반이 거기 왔다 꼬요. 저짝 여자 집엔 안 간 게 확실해서 애들 학교 보내고 바로 터미널로 쫓아갔지예. 버스를 울매나 많이 갈아탔는가…. 멀미는 또 우예 그리 해쌓는지요. 멀미 때문에 도중에 버스에서 내려서 쉬다가 또 버스 타고 가고 했지예. 저짝 여자 만날 일보다 어째 멀미가 더 고역스러븐 기라예. 그 고생을 해서 찾아온 데가 여기였지예. 여기가 저짝 집이었어예. 고창 여자였지예.

* * *

일어나 휴대폰을 들고 방 쪽으로 움직였다. 엄마가 눈으로 나를 쫓는 기척이 등 뒤에서 느껴졌다. 급한 메시지가 들어왔다는 신호로 엄마에게 휴대폰을 흔들어 보였다. 방으로 들어와 문을 닫고 쪽마루로 난 반대쪽 문가에 앉았다. 인철의 이메일과 용석의 문자가 동시에 들어왔다. 촬영을 멈춘 이유가 인철의 이메일 때문인지, 용석의 문자 때문인지는 바로 가늠이 되지 않았다. 나는 손에 든 전화기를 한동안 쳐다보기만 했다. 휴대폰 액정 위로 튀어 오를 때 얼핏 보았던 용석의 메시지는 첫머리가 '다음에 찍을 때는'이었다. 앞서 보낸 촬영분에서 수정할 부분이 있다는 뜻인 것 같았다. 인철에게서 연락이 온 건 공동명의의 아파트를 팔려고 내놓았다는 지난번 이메일 뒤로 넉 달 만이었다. 어떤 걸 먼저 확인할지 주저하는데 용석에게서 다른 문자가 들어왔다.

— 밤까지 묵히지 말고 와이파이 되면 바로 보내. 경, 괜찮은 거지?

'OK'라고 썼다가 두 문장 모두에 어울릴 만한 'YES'로 바꿔 보냈다. 이어, 용석에게서 의미를 바로 파악할 수 없는 이모티콘이 도착했다. 여자 아이돌 가수의 우는 얼굴에 '훌쩍훌쩍'이란 글자가 움찔거렸다. 인철의 이메일을 읽기 위해 문자 창을 닫았다. 인철은 한국에서 거의 전 국민이 쓴다는 문자 앱을 쓰지 않았다.

간편하다는 이로움에 취해 시간과 감정이 과도하게 소모된다는 걸 미처 깨닫지 못하는 것 같아.

한국계 이민자 1.5세로 한국어가 서툰 인철이 쓸 수 있을 만한 표현이 아니라 전체 문장이 또렷이 기억났다. 내게 하고 싶은 말이라고 한국어 강사한테 물어서 인철이 적어온 것이었다. 영어가 서툰 날 위해 인철은 한국어를 열심히 배웠다. 내 영어 실력보다 한국어 실력이 월등히 좋은 인철이 소통 면에서 더 빠른 길을 택하자고 했다. 그러더니 인철은 전화나 온라인으로 한국어를 매일 한 시간 이상 공부하는 열성을 보였다. 영어와 한국어를 섞어 쓰다가 인철의 한국어 실력이 늘면서 한국어가 우리 사이의 공통어가 되어갔다. 뜻밖에도, 언어가 통일되니 오히려 다툼이 잦아졌다. 지금은 기억 안 나는 어떤 이유로 말다툼한 날, 인철이 베개를 들고 다른 방에 가서 잤다. 아, 인철이 난임 센터에 가보자 해서…. 며칠 뒤 화해는 했는데 그새 따로 자는 것의 편리함을 알아버려 그대로 각방을 쓰기로 했다. 아침에 눈떠보면 인철의 방에서 자고 있을 때가 종종 있었다. 인철은 밤사이 옮겨지는 것도 모르고 자는 나를 보는 게 재밌다고 했다. 그래서 아침에 눈떴을 때 순간, 어디인지 몰라 무섭다고 말할 수 없었다.

Hi, 집이 팔렸어. 신혼부부가 샀어. 가구도 같이 팔기로 했어. 나는 그것들이 필요하지 않아. The woman wants to buy your writing desk in the kitchen. 당신한테 물어봐야 한다고 했어. 그리고 집을 팔면 당신에게 돈을 보낼 계획이야. Let me know. 여긴 가을이야. Bye.

이메일 마지막에 '가을'을 쓰려던 건지, '겨울'을 쓰려던 건지 알 수 없었다. 가울. 나는 그 단어를 입안에서 반복해서 발음해 보았다. 가을과 겨울 사이, 또 다른 계절의 이름 같기도 했다. 답장을 쓰려는데 인철의 질문에 대답하는 것 외엔 할 말이 없었다.

Just give them my desk.

이럴 땐 영어가 편했다. 모국어가 아니고 보니, 내 감정이나 마음 같은 게 담기지 않았고 그런 걸 담을 깜냥도 안 되었다. 영어는 할 말만, 딱 할 말만 전하기에 좋았다. 할 말 외에 상대에게 내 마음의 그 어떤 것도 내비치고 싶지 않을 때 요긴했다. 인철에게 딱 할 말만 하고 싶었다. 그 외엔 인철이 아무것도 눈치챌 수 없도록…. 괜히 눈물이 차올랐다. 명치 언저리가 체한 것처럼 묵직하게 시큰거렸다. 사실은 인철에게 할 말이 따로 있는 걸까…. 영어가 아니라 한국어로 하고 싶은 말이 더 있는 걸까…. 다행히, 문밖에서 엄마가 불러 눈물은 쑥 들어갔다.

  — 경주야, 오늘은 고만 찍으까?

◉REC #8-1 : 못 잊을 사람

김순효 씨는 그날 고창에 와서 그분을 만나보신 건가요?

버스 기사한테 가는 데를 물어보이, 정류장 표시도 없는 데다가 내를 내려주데예. 거기가 맞는 줄도 모르겠고 멀미 때문에 속도 울렁거리고… 앉을 데가 마땅찮아서 둘러보이, 멀찌감치 보이는 마을 경치가 엄청스리 좋드만요. 동네가 산하고 바로 붙어 있데예. 아예 산으로 올라가 앉은 집도 있고요. 추수가 얼추 끝나갈 때라 볏대가 짤려나간 데가 많고예. 고마, 길 있는 대로 점도록 걸어가면 집이 안 나오겠나 싶어서 일어서는데 저짝에서 경운기 한 대가 오는 기라요.

아저씨가 경운기를 세우고 뉘를 찾아왔냐고 묻데예. 혹시, 대서소 간판이 붙은 집을 아십니꺼, 하고 물었지예. 대

155

서소가 뭐냐 카데요. 외지 남자랑 혼인한 지 몇 해 되고, 여자 나이가 남자보다 열 살 정도 처지고, 두어 살 묵은 얼라가 있을 낀데예…. 그랬드만 아저씨가 고개를 까딱까딱하믄서 감나무 집 대봉댁을 말허나, 하는 기라요. 동네에서 제일 큰 대봉 감나무가 있는 집이라 카데예. 어쨌거나 마을로 들어갈 양이면 타라고 해서 고맙다 카고 얼른 경운기에 올라탔지예. 내가 울매나 속이 없는가…. 그 집이 맞든 안 맞든 간에 감나무 집이라는 기 내심 반가븐 기라요. 내가 감을 억수로 좋아하거든예. 친정 동네에 우리 집서 몇 집 건너 감나무 집이 있었지예. 그 집 딸하고 단짝 동무였꼬예. 오랜만에 고향에 같이 가기로 해놓고 고마, 작년에 세상 떠부럿네요. 감이 열리면 친구하고 치마 가득 감을 따서 며칠 동안 감만 묵었지예. 오죽하면 떫은 감도 그리 잘 씹어 먹었을까예. 친구하고 감꽃으로 목걸이도 만들어서 목에 걸고 다니고….

  아저씨가 그카는데, 그 집 감이 특출나다꼬요. 거기가 한 집 건너 한 집에 감나무가 있는데, 그 집만 감나무 집이라고 부른다 카데요. 원체 감나무가 커노이 거기서 열리는 대봉감이 얼라 얼굴만 하다꼬요. 아저씨하고 이런저런 이야기를 하다 보이 내 맴이 어째, 친정 나들이 가는 거 같은 기라요. 아저씨가 목이 벌겋고 쭈글쭈글한 기, 우리 큰오빠 생각도 나고예. 내가 누굴 만나러 가는 길인지 이자뿌린 기지요. 길이 갈라지는 데서 아저씨가 내리라 카드마는 감나무 집 가는 길을 짚어주데요. 산 아래 제일 끄트머리 집이라꼬…. 모퉁이를 돌아가믄 구멍가게가 하나 보일 낀데 못 찾으면 거기서 물어보라 카데요.

난생처음 그런 일을 겪다 보이 뭐가 뭔지 천지 분간이 안 돼 그랬는가…. 구멍가게에 들어가서 집만 물어봐도 될 낀데, 과자 한 봉다리는 뭐 할라꼬 샀을까예. 내가 하는 말을 듣더마는 가게 아지매가 연분홍 새댁 같다고 하데요. 그 아지매도 다른 데 사는데 주인이 친정행을 하느라고 가게를 봐주는 형편이라 동네 사람을 잘은 모른다꼬요. 어쨌든 다른 사람인갑따 했지예. 아까 아저씨는 대봉댁이라 카고 그 아지매는 연분홍인지 뭔지 그카고…. 그기 이름이냐고 물으니까 이름이 아니고, 노래라 카데요. 그 왜, 있지예? 연분홍 치마가 봄바람에 휘날리드라, 캐쌓는 노래요. 그 노래를 그리 구성지게 잘 부른다꼬 다들 연분홍 새댁이라칸다캐요. 그 아지매도 들은 적 있다 카데요. 그 새댁이 고등학교를 마치지는 안 했어도 다니긴 했다면서 동네 애들 모다놓고 공부도 갈키주고 노래도 갈키주고 한다데요.

내사 마, 맥이 탁 풀리는 기라요. 고등학교 공부까지 한 여자가 뭐가 아쉬버서 우리 애들 아부지 같은 냥반하고 혼인을 하것어요. 확실히 잘못 찾아와 삐릿다, 싶데요. 내 기색이 심상찮았는가, 아지매가 내를 보고 평상에 앉아 있으라 카드만 단술 한 사발을 가져오데요. 전라도에서도 단술을 해 묵는가…. 아지매가 어디서 왔고, 누구냐고 자꾸 물어쌓데요. 잘못 찾아온 것도 같고 해서 어물쩍 넘어갈라 캤지요. 그란데 아지매가 그 집에 무슨 간판 같은 게 나붙어 있다 카는데, 고마, 단술 밥풀이 목에 탁 걸려뿌데요.

아지매가 갈치준 길로 가볼라꼬 일어서는데 다리가 고마, 지맘대로 흔들리는 기라요. 오죽하믄 아지매가 다 붙잡아 줬겠어예. 거기가 산 아래 바로 붙은 집이데요. 맨 끝 집예. 산도적 아니믄 그 집 앞에 오갈 일이 없겠드만요. 담벼락 밑으로 허리를 요래 꾸부리가 가까이 가보이까네 옴마야…. 아지매 말대로 집 앞에 대서소 간판이 걸려 있는 기라요. 애들 아부지 이름하고 가운데 글자만 다르데요. 고마, 눈앞이 허얘지데예. 종일 밥 한 술 제대로 못 묵었는데 멀미하믄서 그마저 다 토해뿌리고…. 어지러버서 고마, 주저앉아 뿌릿지요. 그란데 뭐가 내 발에 뚝 떨어지는 기라요. 식겁을 하고 요래 보이, 주먹만 한 감인 기라요. 둘러보이 떨어진 감이 솔찬히 있데요. 감을 주워들면서 혼자 속으로, 침시다, 했지예. 이래, 저 혼자 떨어진 감을 따로 주워다가 쪼매한 단지에 소금하고 넣어서 부뚜막에 올려두면 며칠

만에 침시가 되지예. 감나무 집 내 친구가 죽기 전에 병원에 누바가 어무이가 해준 침시가 그래 묵꼬 잡따 캤는데…. 소금이 드갔는데 뭔 조홧속인지 그기, 홍시보다 더 단 기라요. 침시 그기, 한 입 요래 베 물어보믄….

⏸ PAUSE

그 집 담 안으로 감나무가 있었지예. 엄청시리 크데요. 우리 친정 동네에도 감나무가 숱해 있었는데 그리 큰 건 처음이라예. 그란데 내가 이 이야기를 아무한테도 안 한 기, 그 냥반 한 짓이 챙피스러버서가 아니고 내가 한 짓이 챙피스러버가 그런 것도 같아예.

김순효 씨가 뭣 때문에 창피했다는 말씀인가요? 김순효 씨는 잘못한 게 없으시잖아요.

그기… 그 와중에 우예 감이 묵고 잡은지예. 지금, 거기가 어디라꼬…. 그게 뉘 집이고, 뉘 집 감인데 그기 묵고 싶을까예. 더구나 그맘때 지질로 떨어지는 감은 온전치가 못해서 땡감 아니믄, 맛도 지대로 안 나는데…. 그란데 고마, 정신이 나가뿌릿는지, 옷에다 대충 닦고는 부끄러븐 줄도 모르고 그걸 베 묵었네예.

  그 집은…. 집은 비어 있었나요? 집에 아무도 없었는지요.

  있었지예. 마당에서 여자가 빨래를 널고 있데요. 기저귀며 이불 호청에 가려갖고 내가 사람을 못 본 기라요. 저짝을 보자마자 얼른 담벼락 밑으로 기드갔지예. 한 입 먹던 감도 던져뿌리고예. 그라고 있다가 아무 기척 없길래 담 위로 다시 요래 눈만 빼서 보이, 등에 업은 얼라가 보이데요. 두 돌이 됐으까 싶은 얼라가 내를 요래 보데요. 어매가 빨래 너느라 이짝저짝 움직이니까 요래요래 고개를 돌려가면서 내를 보는 기라요. 그러다 손가락으로 내를 가리키데예. 움마, 움마, 하면서요. 그래노이 어매가 내를 돌아보는 기라요. 내사 마, 식겁해 갖고 또 얼른 담벼락 밑에 숨었지예.
  옴마야, 저짝이 숨어야지 와 내가 숨고 앉았노. 글타꼬 뛰쳐나가 머리끄뎅이 잡고 니 죽고 내 죽자도 몬 하겠고…. 따지고 보믄 저짝도 잘못한 게 없지예. 내도 내지마는 저짝은 또 뭔 전생의 업보로 그 냥반하고 엮여갖꼬…. 고등학교까정 댕겼다믄서 우예 처가 있는 줄도 모르고 혼인을 해부렀는지….
  저짝이 이짝 담벼락으로 걸어오데요. 옴마야, 뉘냐고 물으면 뭐라카노. 도둑맨쿠로 가슴이 발발발 떨리는 기라요. 내가 이 아무개 처 되는 사람이요. 그리 말할 배짱도 안 서고…. 에라 모르겠다, 그냥 도망갈라 카는데 담 너머로 저짝이 그카데예.

 – 거시기, 땅 보러 오셨어라?

엄마의 산

법무사는 사무실 밖까지 배웅을 나왔다. 손에는 조금 전 엄마에게서 받은 봉투가 들려 있었다. 조의금 봉투가 아니라 '행복한 노후를 책임집니다'라고 금융상품 안내 문구가 박힌 은행 봉투였다. 안에서 이미 주고받은 작별 인사가 새삼스레 다시 오갔다. 법무사는 내 손에 들린 서류봉투에 눈을 주면서 이제 모든 절차가 끝났으니 군청에 가서 신고만 하면 된다고 말했다. 그 또한 사무실 안에서 했던 말이었다. 네, 그럴게요. 나 역시, 아까 했던 대답을 또 했다. 눈앞에서 펼쳐지는 이 모든 상황을 아직 제대로 파악한 건 아니었다. 이젠 엄마가 날 고창에 데려온 이유가 토지 증여 때문이란 건 짐작할 수 있었다. 그러니까, 엄마 소유의 땅을 내게 물려주기 위해….

엄마에게 땅이 있다는 사실을 나는 알 수도 없고, 알 이유도 없었다. 엄마 땅이라면 응당 오빠나 언니 몫일 터였다. 좀 전에 사무실 안에서 법무사가 들이미는 온갖 서류에 서명하는 내내 찜찜했던 이유도 그 때문이었다. 법무사가 도장을 가져왔느냐고 물었을 때 안 가져온 게 오히려 다행스러울 정도였다. 내가 엄마하고 공모해 오빠와 언니 몰래 모종의 계략을 꾸미는 것 같았다. 도장이 없다고 하는데 난감해하는 사람은 아무도 없었다. 법무사는 그 근방에 널린 게 도장집이라며 대번에 여직원을 불렀다. 엄마가 법무사를 만류하더니 가방에서 내 이름이 새겨진 목도장을 꺼냈다. 내 도장인데 나는 본 적 없는 것이었다. 멋쩍기도 해서 엄마한테 찍으라고 했지만, 법무사가 굳이 나를 시켰다. 곁에 '부동산 소유권 이전 등기'라고 쓰인 서류에 빼곡히 적힌 내용을 아무도 설명해 주지 않았다. 나는 물어볼 용기가 나지 않았다. 무엇보다, 내가 짓게 될 표정에 자신이 없었다. 엄마 소유의 땅을 물려준다는데 어떤 기분을 느끼고 어떤 마음이 돼야 온당한지 판단이 서지 않았다.

군청에서도 상황은 비슷했다. 엄마는 고창 군청의 토지정보과 직원들하고도 안면이 있는 듯했다. 토지정보과가 있는 2층 사무실로 들어서자 인사를 건네오는 직원이 두엇 있었다. 그 사람들이 이 모든 일에 관해 나보다 더 많이 알고 있는 듯했다. 군청에서도 일은 엄마가 다 처리했다. 나는 엄마 등 뒤에 뻘쭘하게 서서 손에 든 봉투를 만지작거렸다.

　– 어르신, 이번에는 서류를 빠짐없이 다 챙겨 오신 거죠?

　여직원이 묻자 엄마가 득의양양한 표정으로 나를 돌아보더니 서류봉투를 통째로 넘겨주라고 했다.

　– 미국에서 요래 본인이 왔으니 이번엔 차질 없는 거지예? 오늘은 고마, 끝장을 보고 갈라니깐요, 내가….

　여직원은 서류를 신중히 들여다보다가 다른 과에 가서 도장을 받아오라고 했다. 말썽만 일으키다 맘 잡은 학생처럼, 나는 직원이 내미는 양식을 채워 넣고 위층에 두 번이나 다녀왔다. 직원이 마지막으로 검토하는 동안 시간이 좀 걸릴 테니 앉아서 기다리라고 했다. 나는 창가 쪽에 놓인 의자로 가 앉았다. 화장실에 용무가 있는지 엄마가 유리문을 밀고 나갔다. 나는 휴대폰으로 문자와 이메일을 확인하고 몇 군데 답장을 썼다. 이메일을 쓰는 도중에 용석에게서 문자가 들어왔다.

- 더 찍은 건 없어?

- 노트북에 저장돼 있어. 숙소 가서 보내줄게.

- 오케이.

- 알아서 보낼 텐데, 왜.

언제 돌아왔는지 앞쪽에서 엄마 목소리가 들렸다. 휴대폰에서 고개를 들고 보니 엄마가 직원들에게 연신 고개를 조아리고 있었다. 가슴에는 하얀 서류봉투가 품어져 있었다. 엄마 일을 봐주던 여직원이 엘리베이터까지 따라 나왔다. 고맙다며 엄마는 여직원의 손까지 잡았다. 좀 전에 안에서 '오늘은 끝장 낼란다'고 할 땐 언제고, 엄마는 또 볼일이 없겠지요, 할 때 티 나게 목소리가 떨렸다. 천만다행으로 울먹이진 않았다. 건물 밖으로 나온 뒤 엄마는 막 취임한 군수처럼 뒷짐 지고 고창 시가지를 한 바퀴 휘둘러 보았다. 걸음을 떼려는데 엄마가 팔을 뻗어 제지하며 손에 든 서류봉투를 내밀었다. 나는 멀뚱히 엄마 얼굴을 쳐다보기만 했다. 봉투에 든 게 뭔지 알기에 안 받으려 손에 든 카메라의 한쪽 귀퉁이를 힘주어 잡았다. 엄마가 내 손을 끌어다 봉투를 쥐여주었다. 몸을 모로 틀어 한 발 한 발 힘겹게 계단을 내려서면서 엄마가 별일 아니라는 투로 말했다.

－그 땅은 원래 니 끼다. 그동안 내가 맡아둔 축인 기라. 인제사 돌려주는 기데이. 하마, 사십 년이 다 돼뿌렀네.

◉REC #8-2 : 못 잊을 사람

그분이 땅을 보러 왔냐 해서 김순효 씨는 뭐라고 하셨나요? 땅을 보러 가신 게 아니잖아요.

글치예. 내가 무신 땅을…. 그란데 당최 무슨 조홧속일까예. 고마, 내가 맞다고 해뿌릿는 기라예. 야, 땅 보러 왔네요. 여그가 땅을 내놓은 집인가요. 그캤지예. 담 너머로 저짝이 누구 이름을 대믄서 그이가 보내서 왔냐고 묻데요. 고마, 그것도 맞다 캤지요. 그랬드만 저짝이 문 있는 데로 오라 카데요. 들어오라 해서 마당으로 들어섰지예. 저짝이 얼라를 놓고 온다고 쪼매만 기다리라 카데요. 땅이 산에 있다 카믄서 그길로 같이 산에 올라가자꼬요. 가까이서 보이, 수두를 앓았는가, 저짝 얼굴이 쪼매 얽었는 기라요. 그기 아니믄 눈도 땡그랗고 인중도 길치름한 기 참한 얼굴인데요.

167

인상이 수더분한 기, 속이 좋지 싶드라꼬요. 저짝 등에 업힌 얼라가 콧물도 나고 잔기침을 하데요. 감기가 왔냐고 물으니까 좀 됐다꼬…. 그라고 보이, 저짝도 말하믄서 간간이 기침을 하는 기라요. 얼라를 병원에 델꼬 가보라 카믄서 울매나 우습든지예. 지금, 내가 뉘 걱정을 하고 앉았노…. 저짝이 얼라를 안고 가는 데를 보이, 방에 누가 있드만요. 머리 허연 할매가 얼굴을 요래 내밀고 내를 보데요. 할매가 귀가 먹었는가, 저짝이 얼라를 방안에 내려놓으믄서 단디 보고 있으라꼬 고함을 치데요. 그라고는 밖에 있던 요강을 넣어주고 밖에서 문고리에 열쇠를 채우드만요. 할매가 정신이 반만 붙어 있지만서도 얼라는 탈 없이 본다 캐요. 내 보기엔 얼라가 할매를 보게 생겼드마는….

저짝이 내한테 따라오라 카드만 앞장서서 가데요. 사분사분한 기, 고마, 내하고는 성미가 마이 다르드만요. 산에 올라가는 내내 묻지도 않은 이야기를 줄줄이 늘어놓데요. 어무이가 물려준 땅인데 몇 푼이라도 받고 후딱 팔아야 쓰게 생겼다 캐요. 어무이는 저짝을 낳다 죽어서 얼굴도 모르고, 집에 있는 할매는 어무이 생전에 시중들던 사람이라데요. 옛날 반가에는 시중드는 사람들이 있었지예. 가찹게 살든가 집에서 같이 살든가…. 우리 친정 윗마을이 반촌이라 거기로 바느질 시중들러 가던 비녀할매라꼬, 우리 옆집에 살았지예. 한번은 비녀할매가 밤에 산도깨비를 봤다꼬 혼비백산이 돼가 우리 집엘 뛰들어 오는데…. 옴마야, 이야기가 우예 산으로 가삐릿네요. 뭐 얘기하다 이래 돼뿌릿노….

산에 있는 땅을 보러 그분하고 같이 올라갔다고 하셨어요.

아, 그래서 이야기도 고마, 산으로 가삐릿나 보네예. 하이고, 우습네. 산에 올라가는데 변변찮아도 길이 나 있긴 하드만요. 올라가믄서 요래 돌아보이 아래쪽으로 실개천도 구불구불 내려가고 밭을 계단맨쿠로 층 나게 만들어놓은 것도 그렇고, 구경거리가 많드만요. 어지간한 꽃이 다 질 땐데 거긴 들꽃이 천지삐까리데요. 비탈길이 나오니까 저짝이 앞서가다 손도 내주데요. 잡으까 마까 고민은 했는데 뭐라 카고 안 잡을 낀데요. 니가 내 남편 꼬여냈으니 괘씸해서 안 잡는다 할 수도 없고요.

내놓은 땅에 어무이 산소가 있다 카데요. 그런데도 땅을 파는 거냐고 했드마는 못 들었는가, 대답을 안 해요. 허기사 그런 걸 물어본 내도 정신 나갔지예. 지금도 그때 생각을 하면 혼자서 실실 웃어쌓지요. 애들 아부지가 나 모르게 자식까지 보고 사는 여자캉 산에 올라가믄서 저짝 어무이가 어쩌고, 산소가 어쩌고…. 진짜로 내가 땅을 사러 왔다고 착각했는가, 아니믄 원체 내가 배우 소질이 있었능가….

저짝이 판다는 땅은 산에 난 길하고 한참 떨어진 데라 들어가기가 안 쉽데요. 풀이며 잡목이 많아서 수영하는 거맨쿠로 요래요래 앞을 헤집으면서 가야 했지예. 그래도 저짝 뒤에 붙어 가면 사람 하나는 지나갈 수는 있겠드만요. 생각해 보이, 어무이 산소를 살피느라 저짝이 지나다녀서 그마 저도 길이 난 거 같데요.

저짝이 다 왔다 캐서 보이, 옴마야…. 갑자기 앞이 뻥 뚫긴 기, 숲속에 마당맨쿠로 널찌막한 빈터가 있는 기라요. 원래가 그리 생겨묵었나, 산소를 들이면서 나무를 뽑아뿌릿나…. 근방 나무들이 고마, 엄청스레 크데요. 사방이 막혀갖꼬 답답해 보이지만서도 산소가 멀끔은 하드만요. 사람손이 안 가면 그걸 아는지 산소에 풀이 억수로 빨리 자라는데 벌초도 잘돼 있고예. 그란데 죽은 이를 급하게 묻었나, 봉분이 쪼맨하고 비석도 없는 기라요. 저짝이 땅 팔면서 산소는 이장할 거라 카데요. 여기서 멀잖은 곳에 다른 집안 묘터가 있는데 그 자손이 한 귀퉁이를 내준다 캤다꼬예.

내놓은 땅은 산소 있는 데서부터 숲 쪽으로 이천 평이라 카데요. 군청 가서 지적도를 보면 소상히 나온다꼬요. 세계지도에서, 뭐라카노 그…. 아, 아뿌리카하고 모냥이 비슷하게 생겼다 카데요. 고등학교까지 댕긴 게 맞데예. 내사 마,

아뿌리카가 뭔지도 몰랐으니까예. 나중에 군청 가서 땅 모
냥도 보고 세계 지도도 찾아봤지예. 까치발하고 요래 서 있
는 모냥이 진짜로 아뿌리카하고 비스무리하드만요.

그란데 정작 땅은 어떤 칠푼이가 사겠나 싶데요. 더 안쪽
은 안 가봐서 모르것지만서도 소나무 빼고는 천지가 쓰잘
데기없는 잡목에 잡풀인 기라요. 산소 있는 빈터는 그나마
땅이 판판한데 안쪽은 나무가 죄 삐딱한 걸로 봐서 경사도
심해 보이고…. 산소를 옮기면 빈터에 집도 들이고 밭도 가
꿀 수 있을 거라 카데요. 택도 없는 소리지예. 제대로 길 있
는 데로 나가려면 남의 땅을 지나가야 할 판인데예? 그 땅
까지 사들인다면 모르지만서도…. 우째우째 빈터에다 집을
들인다 쳐도, 나머지 땅은 아무짝에도 쓸모없는 맹지인 기
라요. 내가 도리질을 치는 걸 봤능가, 저짝이 그라데요. 나
무를 심으라꼬요. 원래 땅이 이리 경사가 져야 나무가 잘
자라는 법이라 카믄서…. 개간한다꼬 땅을 일시에 헤집어
서 생흙이 올라온 데는 나무가 잘 안 크는데 그 땅은 화전
민이 밭뙤기를 일구면서 음으로 양으로 보살핀 흙이라꼬
예. 꽂이고 나무고 심는 대로 쭉쭉 올라갈 거라 카데요. 뭐
라카노, 내를 무슨 호구로 봤나 싶데예. 그래 좋으면 그작
이 하면 되지 않겠어예? 내 보기에는 물정 모르는 칠푼이
아닌 담에야 아무도 안 살 땅인 기라요.

그래서 산을 그냥 내려오시고, 그 뒤로 그분을 다시는 보지 못하셨나요?.

은지예. 그기… 우예 일이 그리 꼬였을까예. 칠푼이 아니면 아무도 그 땅을 안 살 끼다 했는데 알고 보이 내가 그 칠푼인 기라예.

설마, 그 땅을 산다고 하신 건가요?

글치예. 저짝하고 산에서 내려오다가 혼이 나가뿟나, 고마, 그 땅을 사겠다고 해뿐린 기라예. 그냥 생각 좀 해본다 카고 내빼믄 될 일을예. 남 욕하면 고대로 돌아온다 카지예? 애들 아부지가 이름 한 글자 바꿔가매 넘 속이고 다닌다꼬 뭐라 캤는데, 말도 마이소. 그날 내는 이름을 두 글자나 바꿨지예. 계약서에다 김순효를 김계숙이라꼬…. 감나무 집 딸, 그 친구 이름이 김계숙이라예.

⏸ PAUSE

- 와, 내가 또 뭐 잘못 말했드나?
- 사람 이름을 그대로 말하면 안 되거든. 본인 허락 없이

방송에 나가면 곤란한 일이 생길 수도 있어서.

　– 맞나. 우야노. 다시 하까.

　– 나중에 편집하면서 비프 처리하든 손써볼게.

　– 비쀼? 그기 뭐꼬?

　– 비프? 이전 소리 위에 삐 소리를 덮는 거.

　– 알긋다. 다시 가자. 어디서부터 하믄 되노?

　– 토지 매매 가계약서를 썼다는 데까지 했어.

　– 알긋다. 다시 한데이. 한나, 두울, 서이, 너이, 다섯.

　서당 개 삼 년에 풍월 읊는다꼬, 그 냥반 어깨너머로 내
도 배운 게 있어가 계약서를 만들었지예. 빈 종이에다 '토
지 매매 가계약서'라고 쓰고 땅 주소하고 파는 사람 이름하
고 사는 사람 이름도 써서 나란히 지장을 찍었지예. 그 바
람에 저짝 이름을 알았네예. 저짝이 자기 이름을 한자로 쓰
데요. 한 글자는 알아보겠데예. 끝 자가 내 이름 가운데 자
하고 같드만요. 순할 순. 가운데 글자는 뭐냐고 물으니까
안, 이라 카데요. 기러기 안. 기러기같이 순하라꼬, 안순이
라 캐요. 최안순. 옴마야, 내가 또 이름을 말해뿌릿데이. 진
짜 이름인데, 우야노.

⏸ PAUSE

가계약서를 똑같이 한 장 더 써갖고 하나씩 나눠가졌지예. 그제야 정신이 들었는가…. 내가 저짝 땅을 산 걸 애들아부지가 알면 우짜노 싶은 기라요. 그 냥반이 알게 되믄저짝도 알 끼고, 자칫하다 애들한테도 들통나지 않겠어예.그래도 저짝은 애가 어리니 일없지예. 우리 집 애들은 다컸는데 즈그 아부지가 두 집 살림한다는 걸 알게 되믄 우예되겠어예. 안 그래도 딸래미가 즈그 아부지를 빼닮아서 뼈뜩하면 집에 안 들어와 쌓는데 아예 집을 나가것다고 안 허것어예?

　그래서 저짝을 슬쩍 떠봤지예. 혹시, 나중에 바깥양반이땅을 안 판다 딴소리하는 거 아니냐꼬요. 그랬드만 그 냥반은 땅 주인이 집에 있는 할매인 줄 안다 카데요. 그 냥반이서류도 떼 본 모냥인데 진짜로 땅 주인은 그 할매로 돼 있다 캐요. 뜻이 있어 그리 맹글어놨다꼬요. 애 아버지가 밖으로만 돌믄서 집에 돈 빼내가기 바쁘다꼬, 그 이야기를 내한테까정 하데요. 울매나 속이 상해 저러겠나 싶으믄서 내나 저짝이나 우예 그리 팔자가 같나 싶데예. 우습지예. 저짝이 그 모냥으로 산다 카는데 우예 꼬숩지가 않고 저짝한테라도 좀 잘하고 살지, 싶은 기라요. 어찌 보믄 저짝 팔자가 더 고약해 뵈는 기, 내하고 우리 애들은 호적에라도 올랐지, 저짝하고 얼라는 못 그랬을 테니까예. 저짝은 올라간

174

걸로 알지 몰라도…. 그렇다믄 그 냥반한테 속은 기지요. 고창 가기 전에 내가 호적부터 떼봤거든예.

그때, 김순효 씨는 어떤 마음으로 그 땅을 사셨던 걸까요?

모르지예. 하마 사십 년이 지났는데 지금도 그때 내 맴을 모르겠어예. 지장 찍은 종이를 지갑에 쑤셔 넣고 며칠 내로 잔금을 가져오마고 했지예. 그때 땅도 넘겨받기로 하고예. 저짝이 연락처를 달라 카데요. 그 냥반 알까 싶어 우리 집 전화번호를 우예 고대로 주것어요. 하이고, 우스워라. 누가 누구한테 들통날 거를 걱정하고 앉았는가…. 집 전화가 고장났다 카고 친정 전화번호를 줬어예. 쌩전 가야 친정에 전화 안 하는 그 냥반이 그 번호를 외울 것도 아니고예. 내가요, 다른 건 몰라도 그때까지 거짓말 안 하고 살았다, 자신했거든예. 그란데 누에고치 똥구녕에서 실 뽑는 거맨쿠로 거짓말이 줄줄 나오는 기라요. 그 냥반이 입만 열면 거짓말 한다꼬 속으로 숱해 타박했는데 내도 하나 다를 거 없드만요. 거짓말이란 게 그래 하기 쉬운 거데예. 앞에 하나만 나와주면 이빨 딱 들어맞는 거짓말이 지질로 나와주데예. 저짝을 만나고 나서 저짝한테 내가 한 말은 참말이 한 개도 없는 기라예. 싸그리 거짓말이었지예. 희한하데요. 하도 거짓말을 해싸니까 나중에는 어째 참말 같아지는 기라예. 다음에는 다리 놔준 아지매하고 같이 보자 카는데, 냉큼 알았다 캤지예. 영낙없이 그 아지매가 아는 사람 같은 기라요. 아지매 사는 데를 어설프게 기억한다 카이, 저짝이 주소를 적어주데요. 옆 동네에 산다 카믄서요. 집에 가기 전에 그 아지매를 만나고 가야지 싶데예. 인자는 거짓말이 커져갖고 내 혼자는 감당이 불감당이 된 기지예. 그길로 맴이 급해져 갖꼬 간다 카고 일어섰지예.

그 말을 들었는가, 방에 있던 할매가 문을 열고 내다보데요. 요래 보이, 할매가 달구똥 같은 눈물을 쭈루룩 흘리는 기라요. 저짝이 치마로 할무이 눈물을 닦아주면서 그라데요. 뉘라도 왔다 가믄 할무이가 그리 울어쌓는다고요. 희한한 기, 가는 사람이 남자면 잠깐 그러다 마는데 여자면 점도록 운다꼬요. 어무이, 어무이 하믄서….

뭔 조홧속일까예. 우째 내가 누군지 그 할매가 아는 짝 같은 기라요. 그 할매가 무슨 수로 내를 알것어예. 그란데도, 장작개비 같은 팔을 흔들믄서 잘 가라 카는데…. 고마, 내가 아주마이 속 다 안다, 내가 다 안다, 그카는 것 같은 기라요. 돌아서는데 눈물이 확 쏟아지 뿌데요. 대충 인사하고 얼른 그 집에서 나왔지예. 어디로 가야 되는지도 모르고 길 따라 내처 걸으믄서 고마, 엉엉 울어뿌릿지예. 갑자기 그래 섧데예.

질질 울면서 걸어가는데 뒤에서 "아줌씨요" 하고 부르는 소리가 들리는 기라요. 돌아보니까 저짝이데요. 얼라를 업고 손에 봉다리 하나를 들고 종종종 뛰어오데요. 봉다리를 내밀길래 받아 열어보이…. 감이 네 개 들은 기라요. 나무에서 금방 땄능가, 이파리가 요래 붙어 있드만요. 먼 길 가는데 손이 번잡시러 불 것 같아서 쪼매만 담았다 카데요. 다음에 볼 때 더 많이 준다 카데요. 등에 업힌 얼라가 내한테 손을 뻗데요. 쪼매난 감을 하나 쥐었데예. 저짝이 워메 착한 거, 하니까 얼라가 말을 알아묵는지 감을 내한테로 더 내미는 기라요. 감을 받아주이, 그 조막만 한 손으로 좋다고 손뼉을 치데요.

내사 마, 정신이 없어놔서 고맙다는 말도 제대로 몬 하고 헤어졌지예. 가다가 뒤를 돌아보이, 저짝이 여적지 서 있드라꼬요. 고마, 들어가소, 하고 손을 흔들었드만 등딱지에 붙은 얼라가 손을 요래요래 흔들데요. 어매가 등 돌리고 가는데 얼라는 목을 이짝저짝 꼬아가며 내보고 계속 손을 흔드는 기라요. 그래노이 저짝도 또 뒤돌아서 인사하고…. 안 되것다 싶어서 내가 돌아서 뿌리고 다시는 안 돌아봤지예. 모녀가 내내 그라고 있을 거 같아서예.

흙길을 혼자 타박타박 걸어가믄서 그 감을 묵었지예. 애들 아부지가 딴살림 차린 여자한테서 얻은 감을… 시상에, 그걸 묵었네예. 천지에 논이고 밭인데 거기다 홱 던져뿌리면 될 것을…. 종일 먹은 게 없어 노이 배가 고프긴 했지예. 감을 묵는데 또 눈물이 줄줄 나는 기라요. 눈물하고 콧물로 범벅이 된 감을 꾸역꾸역 먹었네예. 아까 떨어졌던 감은 밍밍하드만은 요 감은 우예 그리 맛있는지예. 달다리하고 쫀득한 기, 살다 살다 그래 맛난 감은 처음인 기라요. 걸어가믄서 봉다리에 든 걸 다 묵어뿌릿지예. 얼라한테서 받은 거까지 몽땅….

* * *

11시 무렵 시계를 한 번 본 것 같은데 그새 1시가 넘어가고 있었다. 영상을 계속 돌려 보며 편집 시 참고할 콘티 노트며 장면별 코멘트도 꼼꼼히 작성해야 했다. 이번 회에 내가 들이는 공이 조금 각별하긴 했다. 비단 가족이 게스트여서가 아니었다. 현재, 〈인생 인터뷰〉는 회마다 담당 피디가 바뀌는 처지라 3회부터 대본을 맡아온 내가 구성작가 이상의 몫을 해온 게 사실이었다. 사장인 용석도, 원제작자인 황 부장도 피디가 할 역할을 내게 기대하는 눈치였고 심지어는 해당 회를 맡는 피디조차 그랬다. 한술 더 떠, 이번

'단역배우 김순효 씨' 편은 이렇게 촬영까지….

　요행히, 그 부담은 내게 이점으로 작용했다. 시간이 갈수록 카메라 뷰파인더 속 인물을 내 엄마가 아닌 '김순효 씨'로 대할 수 있었기 때문이다. 대본을 쓸 때도, 질문할 때도 성가신 가시처럼 끼어들던 어색함이 점차 무디어갔다. 멀지 않게, 그러나 다가들지도 않게― 〈인생 인터뷰〉 같은 휴먼 다큐멘터리 프로그램을 20년 넘게 만들면서 방송상도 여럿 받은 노장의 조언이었다. 휴먼 다큐를 만들 때 인물과 너무 동떨어져도 안 되지만 인물에 너무 가까이 들어가서도 안 된다는 뜻이었다. 인물과 밀착될수록 좋다고 여기는 건 초보들이 흔하게 저지르는 실수라며…. 선배는 인물에 지나치게 근접하면 철저히 숨어야 하는 인물이 드러날 우려가 있다고 했다. 나는 철저히 숨어야 하는 인물이란 '스태프'라고 아는 척했다. 선배는 아니라며, 스태프 안의 '휴먼'이라고 했다. 휴먼 다큐는 '휴먼'을 다루지만 휴먼이 될 자격은 오로지 출연자에게만 허락되어야 한다고 했다. 방송을 만드는 스태프의 '휴먼'이 나오지 않아야 시청자가 그 방송을 보기 전에 비해 조금이라도 다른 휴먼이 될 수 있는 거라고…. 좀 난해하기도 하고, 나하고 별 상관없는 듯해 흘려들었던 그 말을 나는 이번에 머리로 이해하는 수준을 넘어서 체감할 수 있었다.

단역배우 김순효 씨가 카메라에 대고 하는 이야기의 수용자는 오로지 시청자여야 했다. 그 이야기를 받는 사람은 내가 아니었고 또 나면 안 되었다. 카메라 뷰파인더 속의 엄마는 현실에서 대하는 엄마가 아니었다. 엄마는 온전히 '단역배우 김순효 씨'였다. 처음에는 촬영 도중에 내 이름을 부르기도 했지만, 엄마는 시간이 가면서 점점 내게서 딸 '경주'를 떼어냈다. 그 둘을 정확히 구분하는 데 성공했다. 나도 그래야 했다. 뷰파인더 속에서 나는 철저하게 구성작가 이경주여야 했다. 물론, 넓게 보면 나 역시 시청자의 한 사람이랄 수 있으나 그건 나중 일이었다. 단역배우 김순효 씨의 이야기를 들으면서 새로운 휴먼이 될 기회는 시청자가 먼저 가져가야 했다. 나는 나중에…. 프로그램을 위해서도 그렇지만 철저하게 구성작가 이경주로 임하는 것은 이 시점에서 일단, 내가 살아남을 길이기도 했다. 촬영하는 중간 문득문득, 자꾸만 걸어 나오려 하는 내 안의 '휴먼'을 나는 그때마다 도닥여야 했다. 쉽지는 않았다. 그러나 〈인생 인터뷰〉 시즌 5 제6화의 주인공, 단역배우 김순효 씨에게는 더 쉽지 않은 일일 터였다. 김순효 씨가 이리 잘 해내고 있는데 내가 흔들릴 수는 없었다.

촬영하고 바로 원고 쓰는 데 집중하느라 읽지 않은 문자가 빼곡하게 밀려 있었다. 그중 용석의 것이 있었다. 용석은 찍은 걸 왜 보내지 않냐고 또 묻고 있었다. 내일 찍으면 묶어서 같이 보내겠다고 답을 보냈다. 야근하는지 용석에게서 바로 문자가 왔다.

　　— 안 자는 모양인데 지금 보내주고 자.

　　— 당장 편집할 것도 아니면서 왜 그래.

　　— 그래도 지금 보내줘.

　　— 노트북 끄려던 중이야. 내일 보낼게.

　　— 그러지 말고 보내주고 자.

　　— 왜 그러는 건데.

　　— 뒤가 궁금해서.

　뭐가 궁금하냐고 내처 물으려다 그만두고 노트북에 카메라 어댑터를 연결했다. 프로덕션 공용 스토리지를 열어 오늘 촬영분을 업로드했다. 다른 때보다 분량이 길어 완료되는 데 시간이 걸릴 기세였다. 나는 진행 표시줄의 붉은색이 한 칸 두 칸 전진하는 모양을 묵묵히 지켜보았다. 투두둑, 문을 때리는 빗줄기 소리가 들렸다. 타격음이 고른 게, 내리기 시작한 지 좀 된 듯했다. 오랜만의 비… 빗소리를 제대로 들으려 눈을 감았다. 쇼팽의 녹턴을 듣고 싶다는 생각 위로 인철의 목소리가 겹쳤다.

봄, 여름엔 비가 와. 가을에도 비가 오고, 겨울엔 눈이 와. It's all water. 가을만이라도 하늘에서 다른 게 오면 좋겠어. Something else, not just water. 낙엽? 그건 나무에서 떨어지는 거지. 경주, 머리 위가 다 하늘은 아니잖아.

곁에 없는 인철에게 대답이라도 하듯, 내가 상에 놓인 포스트잇에 '꽃'이란 글자를 쓰고 있었다. 하늘에서 꽃이 떨어지면 좋을까. 잠깐은 좋을 수도 있겠지. 곧 발에 짓이겨진 꽃 때문에 거리가 지저분하다고 사람들은 푸념하겠지. 사람들은 비처럼, 눈처럼, 하늘에서 내리는 꽃에 무심해지겠지. 하늘에서 오로지 물만 내려주는 이유가 있는지도 모르겠어. 우린 아직, 그것 말고 다른 건 받을 준비가 안 되었는지도 몰라….

어느새 나는 이메일의 '새로 쓰기'를 클릭하고 받는 사람 주소창에 인철의 것을 찍어 넣고 있었다. 무슨 할 말이 있어서…. 내 마음 따위 알 바 아니라는 듯 손가락이 제멋대로 글자를 찍었다.

Hi, 여긴 비가 와. 가을비….

손가락이 또 제멋대로 '보내기'를 눌렀다. 쓰다 만 원고를 저장하고 다른 이메일 두어 개에 짧은 답을 하는 동안 업로드가 끝났다. 촬영본이 올라갔다고 용석에게 한마디 적어 보내고 노트북을 덮으려는데 이메일이 들어오는 소리가 났다. 내일 확인하려다 말고 흘깃 알림창의 주소를 보니 인철이었다.

Hi, 지금 한국이야. 부산. Business trip. I remember you lived here.

기껏 두 줄밖에 안 되는 문장을 한참 들여다보았다. 빗소리가 확연히 커졌다. 바람도 부는지 문 흔들리는 소리가 더해졌다.

감나무 집

기다렸다가 언니 차를 타고 가면 될 텐데 엄마는 굳이 버스를 타자고 했다. 언니는 감나무 집을 안다며 거기로 곧장 가마고 했다. 예전에는 터미널에서 버스를 두어 번 갈아타고 들어가야 했는데 지금은 한 번에 가는 버스가 있다며 엄마는 택시를 안 타도 된다 했다. 버스에 오른 엄마는 아는 사람이라도 만난 양, 뒤쪽으로 곧장 돌진했다. 도중에 빈자리가 많았는데 거의 맨 뒤에 가 앉았다. 그 앞자리엔 사람이 있어 나는 엄마 뒤에 앉았다. 한 단이 높은, 끝자리였다. 엄마가 버스 창을 절반쯤 열고는 창문에 얼굴을 붙이고, 뒤로 내빼는 나무들을 따라 고개를 바쁘게 움직였다. 버스가 시가지를 벗어난다 싶더니 곧 창밖으로 너른 논이 펼쳐졌다.

– 우야꼬. 여태 추수를 안 한 논이 있다.

혼잣말치고는 소리가 커서 운전기사가 뒷거울로 엄마를 쳐다보는 게 내 자리에서도 보였다. 길에 사람이 보이면 엄마는 창밖으로 손을 내밀어 흔들었다. 처음에는 엄마가 아는 사람이려니 했는데 뒤로 멀어지는 그 사람 표정을 보고 아닌 걸 알았다. 버스 기사가 창밖으로 팔을 내밀지 말라고 말하지 않았다면 내가 할 참이었다. 날씨가 너무 좋아 무심코 그랬다고 할 때, 엄마는 서울말도 아니고 경상도 사투리도 아닌 어설픈 전라도 사투리로 말했다. 엄마는 창을 닫고 몸을 옆으로 틀더니 머리를 의자 등에 붙였다. 나는 가방에서 휴대폰을 꺼내 용석에게 보낼 문자를 찍었다.

– 오늘 마지막 촬영이야, 알지?

잠깐 기다렸는데 답이 오지 않아 다른 문자를 확인했다. 한옥에서 나설 즈음, 오빠에게서 온 게 있었다. 진해 언니가 고창에 도착하면 그 차로 엄마를 모시고 다 같이 올라오라는 내용이었다. 나는 알았다고 답을 보냈다. 브라질은 밤중일 텐데 오빠에게서 바로 문자가 또 왔다.

― 이동할 때는 택시 타. 엄마가 버스 멀미를 심하게 하신다.

지금 버스 타고 한참 왔는데 멀미하는 기색은 없⋯. 문자를 여기까지 썼다가 지우고 그냥 알았다고만 했다. 바지 끝이 당겨지는 느낌이 들어 흠칫 보니, 뒤로 뻗은 엄마 손이었다. 엄마가 턱으로 창밖을 가리켰다. 내 자리에는 창이 없어 엄마가 앉은 자리로 상체를 기울여야 했다. 힘 조절을 잘못해 몸이 앞으로 확 쏠리면서 하마터면 엄마 뒷머리에 코를 박을 뻔했다. 창밖으로 보이는 건 푸르스름한 호수였다. 제방 같은 게 안 둘러쳐져 있어 뭐 하나 걸릴 것 없이, 시원하게 트인 호수⋯. 버스가 질주하는데도 끝이 보일 기미가 없었다. 엄마가 뒤로 고개를 돌리더니 내 머릿속을 읽는 것처럼 말했다.

― 저게 호수가 아니라 저수지다. 궁산 저수지. 고창에 처음 왔을 적에도 있었는데 그땐 내가 못 봤는기라. 지금맨쿠로 밖을 내다보면서도 몰랐데이. 혼이 나갔던 기제. 그다음에 또 왔을 때 버스 기사 양반한테 물어봤데이. 그단새 언제 저런 기 생겼냐꼬. 고마, 기사 양반이 태어날 때부터 있었다 카믄서 웃어쌓드라.

늦가을치고 드물게, 진한 오렌지빛 햇살이 물 위에 아롱지며 보석처럼 반짝였다. 윤슬. 인철이 한국어 수업에서 이제껏 들은 중 제일 예쁜 한글 단어를 배웠다며 흥분했더랬다. 딸을 낳으면 꼭 '윤슬'로 짓고 싶다 할 정도로…. 나는 미국인들이 발음하기 어려워할 거라 했지만 인철은 영어 이름을 따로 만들면 된다며 말 난 김에 당장 영어 이름도 짓자고 채근했다. 상황을 모면할 생각에 나는 떠오른 이름을 그냥 말했다. 엠마. 그 무렵 챙겨 보던 시트콤에서 그 이름을 차지하려 임신한 친구끼리 툭탁대던 장면이 있었다. 인철은 대번에 좋다고 했다. 눈동자를 이리저리 굴리며, 우리 곁에 윤슬이자 엠마란 이름의 아기가 기어다니고 있기라도 한 듯 두 이름을 번갈아 불렀다.

호수, 아니, 저수지에 물오리로 짐작되는 열댓 마리의 새가 헤엄치고 있었다. 거리도 멀고 햇빛이 강해 모두 검은 실루엣으로만 보였다. 어떤 동요가 있었는지, 물오리 떼가 일제히 날개를 펴고 날아올랐다. 제일 몸피 큰 선두의 오리가 먼저 날고, 나머지 오리도 꼬리에 꼬리를 물며 물을 박차고 하늘로 솟았다. 그런데 한 마리가 남았다. 카메라를 켜 들고 오리를 겨냥해 줌인했다. 피사체를 확대할수록 선명도가 낮아지면서 형체가 흐트러졌다. 그래서 오리의 움직임이 날아간 오리들을 찾아 두리번거리는 건지, 자기도 날아오르려 날갯짓하는 건지 제대로 가늠할 수는 없었다. 나는 목이 아플 때까지 고개를 틀어 멀어지는 오리를 쳐다보았다. 혹시, 네 엄마가 아니었던 거니….

몸을 바로 하고 앉으니 엄마가 엉거주춤, 자리에서 일어나려 했다. 나는 서둘러 카메라와 백팩을 챙겨 자리에서 일어나 내려섰다. 부축하려 팔을 내미니 엄마가 괜찮다며 대신 좌석에 붙은 손잡이를 잡았다. 내가 앞으로 나가 엄마한테 등을 대고 섰다. 몸이 앞으로 기울어질 때를 대비해서였다. 나는 백팩을 한쪽 어깨에 걸치고 좌석 손잡이를 바투 잡았다. 한쪽 팔은 엄마를 감싸듯 뒤로 벌렸다. 엄마 손이 양어깨에 얹어지는 게 느껴졌다.

– 와, 니가 내를 업어줄라 카나?

내 등에 몸을 기대오며 엄마가 킥킥거렸다. 버스 창에 비친 우리 두 사람 실루엣이 그래 보이긴 했다. 내 등에 붙은 엄마가 아이처럼 작아 보여 더 그랬다. 앞쪽으로 정류장 표시가 보이면서 버스가 속도를 줄였다. 몸이 앞으로 확 쏠리자 엄마가 진짜로 업힐 기세로 가슴을 더 바짝 붙여왔다. 내 등에서 급하게 뛰는 엄마의 심장 고동이 느껴졌다. 버스가 완전히 서고, 하고 있던 자세 그대로 내가 천천히 버스 계단을 내려섰다. 엄마가 팔을 내 목에 감다시피 하고서 내 걸음을 그대로 짚으며 따라 내렸다. 버스 문이 닫히고 버스가 움직였다. 떠나는 버스를 배웅하듯 바라보며 섰다가 버스가 흰 길로 돌아서고야 엄마는 논 사잇길로 앞장서 걸었다.

– 전에는 여기가 다 흙길이었데이. 요래 닦인 길이 아니었는기라.

엄마는 가끔 멈춰 서서 숨을 골랐다. 아침부터 엄마 안색이 좋지 않았다는 걸 그제야 깨달았다. 앉아 쉬어갈 곳이 마땅치가 않다 보니 엄마는 길바닥에 쪼그려 앉기도 했다. 그럴 때면 나는 주변 경관을 카메라에 담았다. 추수가 끝난 논은 벼가 죄 베어져 나가고 삐쭉삐쭉한 밑둥만 남아 있었다. 긴 볏짚이 아무렇게나 뉘어져 있는 논바닥을 이름 모를 새 몇 마리가 뒤뚱이며 걷다가 날아오르고 또 내려앉기를 반복했다. 어디 숨겨놓은 스피커라도 있는 듯, 모습은 안 보이는데 여기저기서 종류가 다른 새소리가 교대로 들렸다.

뷰파인더 속으로 힘겹게 일어나 다시 걸음을 옮기는 엄마의 뒷모습이 들어왔다. 카메라가 돌아가는 걸 모르는 엄마는 촬영할 때처럼 등을 곧게 펴려 애쓰지 않고 목을 구부정하게 늘인 채 걸었다. 손가락으로 전방을 가리키며 누구한테 하는 말인지, 돌아보지도 않고 엄마가 혼잣말처럼 말했다.

— 어쩨, 내가 올 때마다 집이 산에서 멀어지는 것 같노. 인자는 제일 끝 집이라고 할 수도 없게 생겼꾸마는….

엄마는 여전히 앞만 보고 걸으며 혼잣말 같은 설명을 이어갔다. 우리가 가고 있는 감나무 집이 원래는 농가 중 제일 지대가 높은 곳에 있었다… 언젠가부터 위쪽이 일부 밀리고 도시 사람들이 지은 전원주택이며 신축 농가주택이 들어앉았다…. 집이 가까워질수록 길가에 늘어선 소나무 간격이 촘촘해지고 솔잎의 초록빛도 짙어졌다. 엄마가 우뚝 서더니 나를 돌아보았다. 엄마가 가리키는 손끝에 낮은 돌담이 둘러 처진 집이 보였다.

— 저 집이야? 연두색 지붕….
— 지붕? 하이구야, 니 눈에는 저 집이 지붕부터 보이드나.

엄마가 눈을 치뜨더니 이를 드러내고 웃었다. 지붕 말고 먼저 봐야 하는 게 있는 것 같아 다가들면서 재빨리 집 주변을 살폈다. 열려 있는 하늘색 대문, 그 사이로 귀퉁이만 삐죽 보이는 평상, 돌담 아래 한 움큼의 들꽃, 담 위로 삐죽이 솟은 나무…. 혹시, 저 나무? 춤추듯 구부러진 가지, 자잘하고 풍성한 진초록 이파리, 그 사이사이 봉긋봉긋 매달린 주홍빛 열매…. 그건, 감이었다. 연푸른 가을 하늘을 캔버스 삼아 주홍 감이 고성능 카메라로 찍어놓은 듯 선명한 배색을 연출하고 있었다. 카메라에 절로 손이 갔다. 연둣빛 지붕도 같이 담으려 감나무가 기댄 돌담 쪽으로 다가갔다.

엄마는 집 안으로 들어가지 않고 문 앞에 서서 나를 기다려주었다. 감나무에 초점을 맞추고 일단 감나무 집의 바깥 전경을 확보했다. 집 안에 들어가 인터뷰를 진행하면 그때 나오는 이야기에 맞춰 더 찍어야 할 영상이 정해질 터였다. 아직 이야기를 꺼내놓지 않은 감나무 집은 한눈에도 노목(老木)임을 알 수 있는, 별스럽게 큰 감나무 외엔 별 특이점이 없었다. 나는 카메라를 끄고, 문 안으로 들어서는 엄마 뒤를 따랐다. 집주인에게 허락을 안 받고 들어가도 되나 하는 생각이 얼핏 일다 말았다. 그런 걸 걱정하기에는 엄마의 거동이 너무 거리낌 없었다. 친정집 대문에 들어서는 딸들에게서 느껴질 법한 당당함도 엿보였다. 하늘색 철문은 아래쪽 고정쇠가 아예 땅속에 박힌 게, 이제껏 한 번도 닫힌 적이 없어 보였다. 흙바닥이 끝나고 시작되는 시멘

트 바닥에 널찍한 평상이 있고 그 위에 붉은 고추가 한가
득 널려 있었다. 반사적으로 카메라를 켜려다 동작을 멈췄
다. 밖이라면 몰라도, 집 안을 찍으려면 주인의 승낙을 구
해야 했다.

엄마는 주인을 찾을 생각일랑 없어 보일 뿐 아니라 사뭇
집주인처럼 행세했다. 감나무 쪽으로 저벅저벅 가더니 손
발을 동원해 그 아래 떨어진 잔가지를 한쪽으로 치웠다. 감
나무는 위쪽이 아니라 옆으로 자란 듯 가지가 수평으로 넓
게 퍼져 있었다. 팔이 많이 달린 복잡한 이름의 인도 여신
이 떠올랐다. 가까이서 보니 휘고 틀어진 가지의 모양새가
확실히 범상치 않았다. 나무가 큰 만큼 거기 열린 감도 한
손에 다 안 들어올 성싶게 컸다. 익을 대로 익은 감이 제 무
게를 감당 못 하겠다는 듯 가지를 늘어뜨리고 있었다.

– 이 나무가 내보다도 나이가 많데이. 그때가 언제고….
그때 벌써 백 살이 가찹다 캤으이….

엄마가 손을 뻗어 어린애 어르듯 감 하나를 쓰다듬었다.
그 모습을 촬영하기 위해서라도 얼른 주인을 찾아야 했다.
몸을 돌리는데 뒤에서 달뜬 목소리가 들려왔다.

— 워매, 워매, 아짐씨 오셨어라.

초로의 아주머니가 옆구리에 끼었던 소쿠리를 평상에 내려놓으며 다가들었다. 엄마도 두 팔을 치켜들고 아주머니에게 걸어갔다. 두 사람은 얼싸안듯 양팔로 서로의 어깨를 감았다.

— 토요일에 오시는 줄 알고 그때부터 기다리고 있었지라.

그때부터 백 살이 가까워지는 친정어머니는 무탈하신지, 목포 사는 아들과 딸은 직장에 잘 다니는지, 바깥양반이 하는 가게는 송사가 잘 해결됐는지 엄마가 연거푸 묻는 동안, 아주머니는 '그라제요, 다 아짐씨 덕이지라'를 연발하며 엄마보다 내 얼굴을 더 자주 쳐다보았다. 인사하려 다가드는데 엄마가 내 손에 들린 카메라부터 가리켰다.

— 방송국에서 나오신 기라. 촬영한다꼬….
— 워매. 안 그래도 쩌번에 테레비서 보고 또 언제나 나오시나 기다리고 있었당께요. 근디 이런 시골집서 뭣을 촬영하신다는 게라?

여전히 집주인처럼, 엄마가 아주머니 손을 평상으로 이끌더니 거기 걸터앉게 했다. 그러고는 그 옆에 바짝 붙어 앉아 지금 〈인생 인터뷰〉를 촬영하는 중이고, 엄마가 게스트고, 작가인 내가 이 집에서 엄마를 인터뷰할 거라고, 악단 지휘하듯 손동작을 크게 해가며 설명했다. 이야기를 듣는 동안 아주머니는 눈이 점점 커졌는데 어느 시점부터는 아예 커진 채로 있었다. 상황이 충분히 전달되었다고 판단했는지, 엄마가 내게 와 앉으라는 신호로 평상 한쪽을 두드리며 말했다.

– 작가님요, 어제 인따뷰에서 말했던 땅이요. 그 땅이 바로 저그 보이는 산 위에 있지예. 그 땅을 사도록 다리 놔준 분이 여기 대봉댁 시어머니셔요. 저게 대봉감이니 다들 대봉댁이라고 부르지요. 이 집서 사는 아짐씨들은 누구랄 거 없이 고마, 다 대봉댁이 된다 카데요. 저 감이 원체 특별한 대봉감이다 보이…. 안 그려요, 대봉댁 여사님!

그 말끝에 엄마와 아주머니는 눈을 맞추고 웃음을 터뜨렸다. 그 옆에서 나는 다른 걸 생각하고 있었다. 나를 '작가님'이라 부르며 심지어는 존댓말을 쓰는 걸로 보아 엄마는 아주머니에게 내가 딸임을 밝힐 뜻이 없어 보였다. 굳이 밝힐 필요 없거나 밝히지 말아야 할 이유가 있거나…. 어느 쪽이든 나는 그런 엄마 뜻을 거스를 이유를 찾지 못했다. 카메라 가방 주머니에서 명함을 꺼내 대봉댁 아주머니에게 건넸다. 아주머니는 눈을 찡그리다 못해 거의 감다시피 하고 명함을 눈앞에 댔다 떨어뜨리기를 반복했다. 옆에서 그 모습을 보던 엄마가 나섰다.

— 작가여. 방송작가….
— 워메, 이 촌구석에 귀한 분이 오셨구만요, 잉!
— 오늘은 이 집하고 감나무 이야기를 찍을 참이여. 해 있을 때 산에도 좀 올라가 봐야 하고….

그 뒤로 엄마와 아주머니가 이런저런 이야기를 나누는 모습을 가만히 지켜보는데 아이디어 하나가 떠올랐다. 감나무 집 사연을 '김순효 씨'와 '대봉댁'이 지금처럼 담소하는 형식으로 구성하면 이 집의 의미가 더 살아날 것 같았다. 단조로운 구성에 변화도 줄 겸…. 내가 엄마에게 그 생각을 바로 전했다. 엄마는 크게 반색하는 데 비해, 옆에서 듣던 아주머니는 평상에서 튕기듯 일어서며 손사래를 쳤다. 입고 있는 통 넓은 바지를 손으로 펄럭대며 말도 안 된다고 성난 사람처럼 목소리를 높였다. 내가 좀 더 설명하려 입을 떼는데 엄마가 아주머니 팔을 잡아끌다시피 해서 쪽마루로 옮겨 앉았다. 이번에는 아까처럼 손동작이 동원되지 않고 소리도 한참 작아져 평상 옆에 선 내게는 들리지도 않았다.

휴대폰을 꺼내 언니에게 어디쯤 오고 있냐고 문자로 물었다. 운전 중인지 언니는 바로 문자를 확인하지 못했다. 휴대폰을 평상 위에 올려놓고 몇 걸음 떼면서 집 안을 둘러보았다. 담 안쪽으로 저마다 다른 크기의 장독이 모여 앉아 있었다. 그 옆으로 담 따라 길게 이어진 텃밭이 있고 그 가운데쯤 감나무가 서 있었다. 감나무를 따라 시선을 올리니 꼭대기에 아까 미처 보지 못한 감 한 개가 달려 있었다. 따지 못해서가 아니라 일부러 따지 않은 감…. 까치를 위해 남겨놓는 까치밥이었다. 그걸 내가 알고 있다는 사실에 흠칫 놀랐다. 인터넷에서 봤겠지…. 나는 못 느끼는데 감나무 꼭대기엔 바람이 부는지 까치밥이 흔들거렸다. 아니, 감이 흔들리는 게 아니었다. 내 시야가 흐려진 것이었다. 어쩐 일인지 보이는 모든 게 어슴푸레해졌다. 눈으로 보는 게 아니라 습기 찬 카메라 뷰파인더를 통하는 것처럼…. 사물과 존재의 경계가 사라지기라도 한 듯 주변의 모든 게 섞여들며 초점 밖으로 밀려났다. 내 발과 바닥의 접점이 사라지면서 발아래가 아래로 꺼져 드는 것 같았다.

죄다 흐릿해지는 가운데 한 가지 선명한 느낌이 솟아올랐다. 그 느낌은 내게 할 말이 있다는 듯 물성을 입고 배를 지나 가슴을 통과해 목구멍으로 치받쳐 올라왔다. 기억하지 못하는 시간 어디쯤에서 내가 이 자리에 있었던 것 같은 느낌… 어떤 시간이 손 내밀어 끌어당기는 듯 내 몸이 어딘가로 빨려드는 느낌…. 그 강렬한 기운을 이기지 못하고 내 손이 감나무 꼭대기에 매달린 감을 향해 저절로 들어 올려졌다. 그 손에 겹쳐오는 또 다른 손은 지금의 절반도 안 되게 자그마했다. 그 또한 내 손이었다. 이명처럼 아득하게 귀를 울리는 소리도 있었다. 남자의 웃음소리… 여자의 노랫소리… 어린아이 말소리… 움마, 압빠, 움마, 압빠…. 그 소리에 자석처럼 이끌려 발이 앞으로 떼어졌다. 순간, 격앙된 목소리가 파고들면서 그 모든 건 수증기처럼 삽시간에 공중으로 흩어졌다.

— 작가님요, 준비됐어예. 대봉댁이 옷도 새로 입고, 입술에 루즈도 발랐으니 고마, 인자 촬영 들어가도 됩니더!

◉REC #8-3 : 못 잊을 사람

그러니께 거시기…. 워디서부터 이야기하면 쓰까요, 이. 지가 구례에서 이짝으로 시집을 와봉께, 요 집에 성님, 그러니께 최안순 씨가 요 집에 살고 있었지라이. 성님이 여그 계신 김순효 씨한테 저그 산 위에 땅을 팔았는디, 그때 우리 시어머니, 그러니께 박봉자 씨가 두 분을 이어줬지라이. 성님이 세상 떠불고 어무이하고 아짐씨, 그러니께 여그 계신 김순효 씨가 이 집을 같이 샀는디, 어무이는 돌아가신 지가 20년도 넘어부렀고….

⏸ PAUSE

‐ 어쩌까이, 지가 무엇을 잘못 말한 게 있어라?
‐ 사람 이름을 고대로 말하면 안 된다 카네!

- 워매워매, 그런 것이어라? 앗따, 복잡해 븐당께요. 나가 방송을 처음 해봉께 이라요. 거시기, 그라믄 첨부터 다시 해분다요?

- 괜찮아요. 그냥 편하게 말씀하세요. 나중에 해결할게요. 그런 거 신경 쓰시면 말씀을 제대로 못 하실 테니 그냥 생각나는 대로 말씀하세요. 자연스러운 게 제일 좋습니다.

- 옴마야, 내한테는 안 된다 카드마는…. 우리 작가님이 대봉댁을 특별 대우하는갑네.

- 그럼, 다섯까지 세고 다시 갈게요. 김순효 씨가 뭐든 아주머니께 물어봐 주세요. 그렇게 이어서 갈게요.

- 오케 오케! 자, 다시 갑니데이. 한나, 둘, 서이….

- 작가 선상님, 내는 인자 고만하면 안 되겠어라? 당최 속이 떨려불고…. 뭔 말을 할 지도 모르것는디….

- 작가님이 내 보고 뭘 물어보라 안 하요. 내가 묻는 말에 대답하면 된다니까는!

* * *

시어무이 되시는 분 기일이 이달이지예?

아따메, 아짐씨는 워쩌케 그걸 다 기억한다요?

요맘때면 제상을 차리고 거기다 감을 한가득 올렸잖어요. 시어무이도 이 집 감을 그리도 좋아하셨다 카믄서….

그라제요! 그란데 저 감나무는 아짐씨가 주인이싱께 사실은 돈을 치르고 묵어야 하는 거인디….

뭐라카능교! 엄연히 공동명의인데 와 내한테 자꾸 주인이라 캐싸요. 이 집은 시어무이하고 같이 산 것이고, 시어무이가 안 계시니 인자는 대봉댁이 주인인 기라요.

어따, 코는 삐뚤어졌어도 말은 바로 해야지라이. 성님 죽고 요 집이 헐값에 나와붕께 우리 어무이가 나서긴 혔쏘만…. 우리 엄니가 안순… 아니, 아니, 그 성님을 딸같이 생각 안 혔소. 그런들 요런 촌구석에서 뭔 돈이 있었갓어요. 마을 사람들한테 사정해서 푼돈 모은 걸로는 어림 반 푼어치도 없었지라. 아짐씨 아니믄 이 집은 벌써 넘의 손에 넘어가서 헐려부렀지, 헐려부렀어…. 저 감나무도 애저녁에 황천길 갔고라이. 그랑께 이 집 주인은 아짐씨여라.

아, 돈을 쪼매 더 냈다꼬 혼자서 낼름 주인 자리 차지해 뿌믄 쓰간디요. 대봉댁이 요래 집을 잘 건사해 주고 산에 있는 산소꺼정…. 암튼지간에, 진짜 주인은 대봉댁이니까 자꾸 딴소리 말드라고요. 그나저나 말이 났으니 말인디, 전에 살던 그 성님이란 양반하고는 가찹게 지낸 모양이여요.

그 성님 말이어라? 말도 말드라고요. 나가 그 성님만 생각하믄 지금도 속이 문드러진당께요. 냄편 잘못 만나 고생만 쌔빠지게 해불다가 그리 홀쩍 떠날 줄 누가 알았는감요. 무덤이 워딘지 모른다믄 알 쪼 아니것스라? 분골이라도 있으믄 나가 수습혀서 제사라도 모셔줄 판인디말씨. 아짐씨가 이 집을 사줬으니 월매나 고맙는지 몰른당께요. 우리 어무이가 지붕도 새로 올리고 부엌도 고쳤지만 터는 그대로니께요. 집이라도 요래 있어주이 그 성님이 구천을 떠돌지는 않을 거 아니것소. 허기사 집만 성하면 뭣 하것소. 성님이 물고 빨던 아그가 워쩌케 됐는지도 모르는디…. 그 냄편도 참, 허벌나게 매정하지라이. 성님하고 같이 살던 아주마이도 모르게 도둑괭이모냥으로 한밤중에 그라고 도망갈 건 뭐 있다요? 안 그래도 정신이 오락가락허던 아주마이가 워쩌케 살것어라. 우덜이 그 냄편 이름을 들고 쏠찬히 다녀봤는디 못 찾았어라. 아그 아부지가 데려갔으니 아그를 도둑맞았다고 신고할 수도 없는 노릇 아니것어요.

우짜다 그래 일찍 세상을 떴을까예. 오래전에 어무이한
테 들은 것도 같은데….

폐병이었어라. 요새야 그게 죽을병까지는 아니라는디,
그때는 수가 없었지라. 병원도 지대로 못 가불고 집에만 있
다 가부렀지라. 성님이 자리에 눕고부터는 마을 아낙들이
품을 팔아 아그를 봐줬어라. 나가 그때 몸 푼 지가 얼마 안
돼 놔서 아그가 울면 젖을 물려줬지라. 젖 먹을 나이는 지
났는디 그라도 젖을 물리면 보채지는 않았지라. 무탈허게
살아만 있다믄, 어디 보자…. 서른은 넘었겠지라? 거시기,
여그 작가님허고 얼추 비슷허지 않을랑가 몰르것어라. 워
매, 서른이 뭣이다냐, 마흔도 다 됐것구마이. 근디 아까부터
서 계신 저분은 아짐씨 서울 따님 아니신 게라? 워메, 내는
뉘신가 혔소, 이!

* * *

언니를 핑계 삼아 대봉댁 아주머니는 이젠 도저히 못 참
겠다는 듯 자리를 박차고 일어섰다. 그러고는 엄마가 말리
는데도 손님 접대를 제대로 하려면 장을 봐야 한다고 도망
치듯 집 밖으로 나갔다. 아주머니의 뒤꼭지를 굳은 얼굴로

한참 쳐다보고 섰던 언니가 그 표정 그대로 엄마를 쳐다보았다. 엄마가 언니더러 방에 들어가서 이야기하자고 했다. 두 사람을 따라서 엉겁결에 나도 신발을 벗으려는데 언니가 대놓고 들어오지 말라고 했다. 엄마하고 둘이서만 할 이야기가 있다고…. 나는 잠자코 발을 신발에 도로 넣었다. 둘만 이야기하러 방에 들어가 놓고 엄마와 언니는 둘만 이야기할 생각이 없는 듯했다. 방문을 닫았는데도 멀찌감치 평상에 가 앉은 내 귀에까지 두 사람 목소리가 들렸다. 처음 얼마간은 한동안 엄마 목소리였다. 〈인생 인터뷰〉란 단어가 자주 들리는 것으로 보아 촬영에 관해 설명하는 것 같았다. 언니는 잠자코 듣는 건지, 화가 나서 할 말을 잃은 건지 조용했다. 그러다 같이 높아진 두 목소리가 뒤섞일 무렵에는 언니 소리가 훨씬 크게 들렸다.

   ─ 그런 게 무슨 자랑이라고, 방송에까지 나가서 동네방네 떠들겠다는 거야?
   ─ 니는 살면서 자랑할 것만 말하고 사나? 내는 자랑 아니어도 얼마든지 말할 수 있다, 고마.
   ─ 엄마는 창피하지도 않아?
   ─ 창피? 뭐가? 내가 뭘 잘못해서 창피한데? 내가 내를 창피하게 안 보는데 누가 내를 창피스러워한단 기고?

― 그냥 드라마나 영화를 찍어. 인생이 어쩌고 하는 이런 방송에서 엄마가 할 이야기란 게 뻔하잖아. 아버지가 속 썩인 이야기, 아버지 때문에 고생한 이야기겠지. 그럼, 아버지는 어떻게 되는데? 아버지 생각은 안 해?

― 느이 아버지가 어데 창피한 걸 아는 사람이드나? 무슨 상관이고? 지금은 치매가 와서 저라고 있으니 더 모를 것이고.

― 아버지를 알아볼 사람도 있고 엄마 아는 사람들도 다 방송 볼 거 아냐!

― 그런 걱정일랑은 할 필요 없데이. 내를 알아볼 사람은 인자 다 죽어서 방송을 보고 싶어도 못 본다.

― 도대체 다 지난 이야기를 지금 와서 뭐 하러 꺼내는 건데? 그것도 방송에 나가서까지!

― 지금이니까 하는 거지.

― 지금이 뭐? 지금이 뭐 어쨌는데?

어쩐 일인지 말이 끊어졌다. 엄마가 숨을 고르는 것 같았다. 밖에서 가만히 앉아만 있는 나도 숨이 가빠졌다. 숨이 가빠지면 늘 그렇듯 기침이 나올 것 같아 손으로 입을 막았다. 방 안에서 엄마가 손바닥으로 무언가를 내리치는 소리가 들렸다. 벽인지, 방바닥인지….

– 니는 언니가 돼갖고, 지금 니 동생 처지가 어떤지 모르는 기가? 모르고 그라는 기가?

– 경주? 쟤가 뭐 어떻게 됐는데? 경주가 조 서방하고 좀 떨어져 지내는 거하고 이거하고 대관절 무슨 상관인데?

– 그리 속이 편타, 니가…. 내는 고마, 속이 타들어 간다, 이 속이 숯검댕이가 될 것 같다꼬. 경주가 조 서방하고 갈라선다 캐쌓는데… 조 서방은 안 그라고 싶은데… 경주, 저기, 도통 말을 안 듣고… 쟈가… 애가, 안 생기는 게 아니라, 그기, 아니라….

곧이어 방 안에서 쿵, 하는 소리와 함께 언니가 내지르는 비명이 튀어나왔다. 내가 신을 신은 채 마루로 뛰어 올라가 방문을 열었다. 눈 감은 채 몸이 축 처진 엄마를 언니가 흔들고 있었다. 언니가 카디건 주머니에서 자동차 열쇠를 꺼내 내 발밑에 던졌다.

– 뭐 하고 섰어? 시동 걸어, 빨리!

* * *

언니가 나무로 손을 뻗어 감을 하나 따서는 두 손으로 받처 들었다. 나는 그 옆에 서서 재킷 주머니에 깊숙이 손을 밀어 넣은 채 스니커스 앞코로 흙바닥을 툭툭 찼다. 언니가 초록 이파리가 두엇 붙은 감을 내게 내밀었다. 감을 받아 들며 물끄러미 언니 얼굴을 쳐다보았다. 언니는 다시 감나무로 눈을 돌렸다.

― 이맘때만 되면 시어머니가 이 감을 찾아. 엄마한테 얻어서 한번 갖다 드렸더니 일 년 내내 요때만 기다리신다. 그 뒤론 엄마가 알아서 택배로 보내줬어. 내가 몇 번 차로 가지러 오기도 했고…. 엄마가 수족 못 쓰게 되면 사람 하나 두고 시골에서 살고 싶다 노랠 불렀잖아. 난 여기가 그런 집인 줄 알았지, 너하고 사연 있는 집이란 건 전혀 몰랐어. 이 감나무에 그런 엄청난 비밀이 숨어 있을 줄 몰랐네. 엄마도 대단하지. 그 오랜 세월 아무도 모르게 혼자서….

누가 내 뒷머리를 잡고 내리누르는 것만 같았다. 나는 땅바닥에 눈을 떨군 채 가만히 있었다. 언니의 시선이 내 뺨에 와 닿는 게 느껴졌다.

― 정작 넌 여기 처음 와보는 거지? 어때… 와서 직접 보니까 생각나는 게 좀 있디?

생각나는 게 아예 없지는 않지만 있다고 말하기엔 너무 희미했고 또 그게 내 기억이 맞는지도 확신하기 힘들었다. 뒤에서 방문 열리는 소리가 들리고 아주머니가 죽 그릇을 쟁반에 받쳐 들고서 나왔다.

– 이젠 한술 뜨시네요, 이. 주무실 모냥이어라.

엄마는 다행히 바로 정신이 들었고 언니와 둘이서 미처 못다 한 이야기를 방에서 한참 나누었다. 소리가 밖에 있는 내 귀에는 전혀 들리지 않았다. 그래서 지금 언니는 지난 이틀 동안 '단역배우 김순효 씨'의 이야기를 촬영한 나보다 어쩌면 감나무 집에 관해, 혹은 그 이상의 일에 관해 더 많은 걸 알고 있는지도 몰랐다. 언니가 주머니에 넣었던 손을 빼 앞으로 모으고 아주머니 쪽으로 허리를 숙였다. 아주머니는 무안한 듯 손사래를 치더니 곧장 부엌으로 들어갔다. 언니가 엄마 있는 방문 쪽을 보며 낮게 혀를 찼다.

– 정말로 병원엔 안 가도 되나 몰라. 노인네가 황소고집 이네. 오빠 알면 난리 난다, 병원에 안 모시고 갔다고….
– 조금 더 지켜보지 뭐.
– 엄마가 신장만 안 좋은 게 아니라 심장도 안 좋아, 알

지?

　– 알아. 잘 놀라시는 거….

　– 애, 하긴 나도 놀라 자빠지겠다. 조 서방이 애를 얼마
나 기다리는지 우리가 다 아는데…. 나도 이런데 엄마는 기
함했겠지. 아마 엄마가 조 서방을 닦달했을 거야. 사이좋던
느네가 느닷없이 헤어진다는데 가만있을 엄마가 아니지.
조 서방도 별수 없었을 거다, 털어놓는 수밖엔…. 울 엄마
를 누가 당하겠니? 도대체 피임을 왜 해? 그것도 아기 들어
설 때만 기다리는 조 서방 모르게….

　방문 열리는 소리가 들리면서 우리 몸이 동시에 돌아갔
다. 엄마가 문지방에 한쪽 팔을 걸치더니 우리더러 오라고
손을 흔들었다. 언니는 굽이 좀 있는 신을 신고 있어 내가
앞서 달려갔다. 방문 앞에 무릎을 꿇듯이 하고 앉으니 엄마
가 내게 기대 언니를 넘겨다보며 말했다.

　– 넌 그만 올라가. 내일 애들 중요한 시험이라매.

　언니가 마루 끝에 걸터앉으며 못마땅하다는 듯 한숨을
내쉬었다. 뭔가 말하려고 달싹이던 입술을, 엄마와 눈이 마
주치자 안으로 말아 넣었다. 엄마가 침을 한번 크게 삼키더

니 말을 이었다.

– 경주하고 볼일이 아직 안 끝났데이.

– 무슨 볼일? 그리고 여기가 옆 동네도 아닌데 나더러
그냥 올라가라고?

– 니가 여그 있으면 우리가 제대로 일을 못 본다. 옆에
붙어서 니가 울매나 잔소리를 해대것노. 그라믄 내도 뿔따
구 나서 가만 안 있을끼고. 니는 내가 정신줄 놓는 꼴을 또
보고 잡나?

– 그 몸으로 경주랑 뭘 하겠다는 건데? 무슨 볼일이 또
남았다는 거야?

– 내가 아까 말할 때 니는 뭘 들은 기고. 야야, 방송이지
뭐꼬. 방송을 찍다가 마니? 우리가 아마추도 아니고….

엄마의 끝말을 이해하지 못한 언니가 힐끔 나를 쳐다보
았다. 내가 언니만 보이게 입술 모양을 '아마추어'라고 만
들어 보이자 언니가 못 말리겠다는 듯이 픽, 웃었다. 카디
건 앞을 여미며 언니가 마루에서 일어서더니 엉덩이의 먼
지를 털었다. 엄마가 나더러 언니를 배웅하라는 듯 손으로
새 쫓는 시늉을 하고는 방문을 닫았다. 주머니에서 자동차
열쇠를 찾다가 없자 언니가 방에서 가방을 가져다 달라고

했다. 가방을 가지고 나오니 언니는 자동차를 댄 대문 쪽으로 이미 걸어가고 있었다. 발에 신을 대충 꿰고 바로 따라붙었다. 언니가 손가락으로 피아노 치듯 차 보닛을 두드렸다. 언니 시선 끝에 새똥 자국이 보였다. 언니가 내게서 가방을 받아들더니 열쇠를 꺼내 트렁크를 열었다. 유리 닦는 스프레이와 물티슈를 꺼내길래 내가 받으려 손을 내밀었다. 언니가 '네가 왜' 하는 눈빛을 하고 팔꿈치로 나를 만류하고는 차 앞으로 가 새똥 자국에 대고 스프레이를 뿌렸다. 나는 멀쩡한 사이드미러를 옷소매로 괜히 문질렀다.

   – 피곤할 텐데 자고 내일 가. 언니가 옆에 있어도 촬영에 지장 없고 언니가 잘 방도 있어.
   – 아니야. 엄마 말대로 내일 애들 시험도 신경 쓰이고⋯. 느이 형부한테 잔소리 들어가며 온 거야. 급한 볼일도 생겼고⋯. 근데 경주 너, 어째 집주인처럼 말한다?

   언니가 웃으며 내 팔을 툭 건드렸다. 내가 스프레이와 물티슈를 받아 트렁크에 넣는 동안 언니는 운전석에 올랐다. 트렁크 문을 닫고 운전석 쪽으로 다가가니 창문이 내려왔다. 허리를 숙여 언니와 눈높이를 맞췄는데 언니가 손가락으로 내비게이션을 여기저기 터치하면서 말했다.

– 할 말은 많지만, 안 할게. 뭐, 별로 아는 것도 없고…. 여기서 네가 태어났다는 것 말곤 엄마한테서 더 들은 건 없어. 이 집에서 둘이서 나눌 이야기가 많은 것 같으니, 우린 다음에 하자. 뭐가 어떻게 된 건지 너부터 알고 난 다음에…. 뭐, 나중에 나한테 굳이 말 않고 싶으면 안 해도 돼. 그럼, 난 간다.

자동차가 움직이는 순간, 언니에게 줄 게 퍼뜩 떠올랐다. 나는 언니더러 잠시 기다리라 하고 평상으로 뛰어가 거기 놓인 가방을 열었다. 안쪽 주머니에 넣어둔 USB를 꺼내 차로 가서 내밀었다. 언니가 받아 들며 뭐냐고 물었다.

– 이제까지 촬영한 거야. 인생 인터뷰, 단역배우 김순효 씨 편…. 조금 전 찍은 것만 빠졌어. 방송에서는 아무래도 많이 편집될 거야. 언니는 다 보는 게 좋을 것 같아서….
– 말하자면 디렉터스 컷, 뭐 그런 거야?

언니가 한 손으로 가방 입구를 열어 USB를 밀어 넣었다. 나는 뒷걸음질 쳐 차에서 떨어졌다. 창밖으로 언니가 손을 내밀어 흔들었다. 차는 마당을 한 바퀴 돌아 방향을 바꾸고는 문밖을 빠져나갔다. 차 꽁무니를 지켜보다가 언니에게 줄 것이 뒤늦게 또 하나 떠올랐다. 나는 차를 쫓아가며 큰 소리로 언니를 불렀다. 차가 멈출 기미가 없었다. 나는 더 힘주어 달리며 양팔을 마구 흔들었다. 언니가 뒷거울로 나를 보았는지 차가 섰다. 후진하는 차 안에서 언니가 차창 밖으로 고개를 내밀었다. 무슨 일이냐고, 그새 엄마한테 무슨 일 생겼냐고 다급하게 물었다. 숨이 턱에 차서 헐떡이며 차창에 매달리듯 양손을 걸치고서 내가 말했다.

  ― 언니, 감… 감은 가져가야지. 내가 얼른 따 줄게, 가지고 가.

산소

햇빛이 나무마다 긴 그림자를 드리우기 시작했다. 산에 오르기엔 엄마 몸 상태로 무리라고 대봉댁 아주머니도 말렸지만, 엄마는 꼬박 하루를 잠만 잤더니 허리가 결린다며 기어이 산행에 나섰다. 엄밀히 말하면 잠잔 시간보다 이야기 나눈 시간이 더 길었다. 엄마가 자는 방에서 새벽까지 이야기 소리가 끊이지 않았다. 나도 적지 않은 시간 동안 그 이야기 안에 들어갈 수 있었다. 엄마는 아주머니에게 '성님'을 떠올릴 만한 기억을 자주 물었다. 딱히 나를 위해서만은 아닌 게, 나보다 엄마가 아주머니 이야기를 더 열심히 들었다. 남의 이야기를 들을 때 자주 그렇듯, 잦은 추임새와 함께 손뼉이나 무릎을 치면서…. 나는 새벽 두 시가 넘어서 건넌방으로 왔다. 늦가을 바람이 찼지만, 문을 열어두고 밤새 끝나지 않을 것 같은 두 사람의 대화를 자장가처럼 들으며 잤다.

꿈에서 젊은 여자와 젊은 남자와 아기가 나왔다. 젊은 남자의 양어깨에 다리를 걸치고 올라탄 아기가 감나무 위로 손을 뻗었다. 젊은 여자는 목젖이 보이게 웃었는데 소리는 나지 않았다. 젊은 여자와 아기의 얼굴은 흐릿했지만, 나는 젊은 남자가 내 아버지란 건 알 수 있었다. 아주머니 입에서 나온 이야기가 영화처럼, 그대로 내 꿈에서 재생되었다는 게 신기할 따름이었다. 이야기 속에 등장하는 '성님'의 어린 아기가 아주머니한테는 내가 아닐 터라 더 그랬다.

한옥에 두었던 짐은 아침에 내가 택시로 옮겨왔다. 아주머니의 강요로 엄마가 낮 동안 내처 주무시는 사이, 나는 혼자 선운사에 다녀왔다. 영상을 돌려보니 선운사에서 찍은 영상에 젊은 스님이 빈번히 등장했다. 엄마만 나오게 화면을 편집하거나 조정할 방법은 있어 보였다. 하지만 사람을 들어낸다 해도 그 사람이 남긴 흔적을 없애기란 쉽지 않을 듯했다. 엄마가 스님과 쉼 없이 이야기를 나누며 말끝마다 '스님'을 연발했고 엄마의 시선이 시종 스님을 향하고 있어서 더 그랬다. 스님이 나오는 부분을 죄다 들어내야 할 경우를 대비해, 선운사의 풍광이라도 넉넉히 확보해 둘 필요가 있었다. 이제, 내일이면 고창을 떠날 터라….

산을 오르는 엄마는 어제 잠시 혼절했던 사람처럼 보이지 않았다. 평소와 다름없이 기운차 보였다. 가끔 서서 허리를 주먹으로 두드리긴 했지만, 걷는 속도는 오히려 나보다 빨랐다. 나는 카메라 가방과 백팩 외에 아주머니가 챙겨준 보따리도 들고 있어 운신이 어려웠다. 보따리는 무게가 만만치 않았다. 산에 유난히 소나무가 많아 바닥에 떨어진 솔방울이 지겹도록 발에 차였다. 그걸 두어 번 잘못 밟아 하마터면 나동그라질 뻔했다. 그럴 때마다 내가 카메라 가방부터 먼저 품어 챙긴다는 걸 깨달았다. 경사 난 길이 좀 완만해지면서 다 왔나 보다 하면 또 경사가 나오기를 반복했다. 산속으로 꽤 깊이 들어온 것 같아 되짚어갈 일이 슬며시 걱정될 즈음, 앞서가던 엄마가 걸음을 멈추고 뒤를 돌아보았다.

– 다 왔데이. 저어기….

엄마가 지팡이로 쓰던 나뭇가지를 들어 앞쪽을 가리켰다. 소나무가 한층 더 빽빽해진 숲 사이로 좁은 경사 길이 난 게 보였다. 원래는 들어갈 틈이 없었는데 오랜 시간 사람 발길이 있어 어쩔 수 없이 만들어진 것 같은 길이었다. 오랜 시간 지나다닌 사람이 딱 한 명인 듯, 딱 한 사람만 지나갈 수 있는 너비의⋯. 엄마도 그 길을 만든 한 사람이지 않을까 싶었는데, 아니나 다를까, 엄마가 바로 어제도 다져 간 길인 양 거침없이 발걸음을 옮겼다. 뾰족한 솔잎이며 가지에 눈을 찔릴 것 같아 나는 방패 삼듯 한쪽 팔로 얼굴을 가리고 다른 팔로 나뭇가지를 밀치면서 걸었다.

한참 앞서가 버렸는지, 엄마가 보이지 않았다. 길 잃은 아이처럼 다급히 엄마를 불렀다. 처음에는 대답이 없다가 몇 번 더 부르니 "경주야, 여기!" 하는 소리가 잡목 사이로 들렸다. 햇빛이 정면에서 비춰 엄마가 있는 곳에 당도했을 때 나는 눈을 거의 감고 있었다. 눈썹 위에 손차양을 만들어 겨우 눈을 뜨니, 언제 나타났는지 앞이 확 트인 빈터에 내가 서 있었다. 나무들이 합심해서 뒷걸음질이라도 친 듯 거기에만 나무가 없었다. 그 빈터를 향해 주변의 키 큰 나무들이 합심한 듯 허리를 숙이고 있었다.

빈터 가운데쯤에 산소가 하나 있었다. 〈인생 인터뷰〉 시즌 5가 '실버' 테마다 보니 산소를 촬영할 일이 종종 있었다. 그때 접했던 산소들에 대면 초라하기 짝이 없는 산소였다. 벌초는 깔끔하게 되어 있었지만, 덩그러니 낮은 봉분만 있었다. 그 흔한 표석이나 비석도 없고 제수용 음식을 올리는 상석(床石)도 안 보였다. 그런데 오히려 그런 질박함이 주변을 빙 돌아 핀 불그레한 꽃과 운치 있게 어울렸다. 안

그래도 오늘 선운사에 다시 가서 찍어 온 꽃무릇이었다. 이
즈음이면 다 지고 없다는 그 꽃이 거기 피어 있었다. 때마
침 불어온 바람 한 줄기에 기다란 꽃잎이 인사라도 건네오
듯 한들거렸다.

엄마가 쪼그려 앉더니 보따리를 달라고 했다. 보따리를
건네자 엄마가 손을 집어넣어 비닐로 된 장바구니 같은 걸
꺼냈다. 엄마가 시키는 대로 한쪽 끝을 잡고 당겼더니 장바
구니가 확 펴지면서 깔개로 변했다. 엄마와 힘을 합쳐 산소
앞에다 깔개를 폈다. 깔개 위에 올라앉아 엄마가 매듭을 풀
어 보따리를 펼쳤다. 놋쇠 제기, 소주잔, 투명한 액체가 담
긴 작은 유리병, 얼핏 돌멩이 같아 보이는 곶감 몇 알…. 엄
마는 손수건을 꺼내 제기와 소주잔을 꼼꼼히 닦았다. 곶감
도 하나하나 들여다보며 주름을 펴고 손질했다. 그 모습을
멀거니 보고 서 있다 퍼뜩, 카메라를 켜지 않았다는 걸 깨
달았다. 숲속 빈터의 산소는 '단역배우 김순효 씨' 편의 피
날레이자 하이라이트가 되어주기에 충분했다. 카메라를 고
정할 곳을 찾아 두리번거리던 내 눈에 무언가가 들어왔다.

산소 옆쪽에 서 있는 건…. 상석 같았다. 흔히 보는 상석
처럼 반질반질한 대리석으로 된 게 아니었다. 거칠고 거무
스름한 자연의 돌을 적당히 겹치고 받쳐놓은 것이었다. 돌
의 상판은 그런대로 편편했으나 양쪽에서 다리 역할을 하

는 돌의 높이가 달라 한쪽으로 살짝 기울어진 게, 제수를 올리기도 뭣해 보였다.

산소 맞은편으로 카메라를 올려두기에 적당할 것 같은 바위가 눈에 띄었다. 백팩에 들어 있던 손수건이며 수첩, 화장품 파우치 같은 것을 동원해 바위 위에 카메라를 적당히 고였다. 그래도 앵글이 낮아 엄마와 산소를 온전한 풀숏으로 담아내긴 어려워 보였다. 산소에 포커스를 맞추고 맞추고 녹화 버튼을 눌렀다. 촬영이 시작되었다고 알리려 손가락으로 카메라를 가리켰는데 엄마가 내 쪽을 보지 않았다. 엄마가 일어나 한 걸음 뒤로 물러서니 소주잔과 곶감이 담긴 제기가 깔개 위에 놓인 게 보였다. 그제야 엄마가 고개 돌려 내게 손을 흔들었다.

– 경주야, 어여 와서 절 올리그래이.

카메라는 돌아가는데 엄마는 여전히 촬영 모드가 아닌 듯했다. 녹화를 멈출까, 하다가 그냥 두었다. 어차피 엄마가 제대로 들어오지 않으니 나중에 음소거하고 분위기 있는 비지엠을 깔면 될 터였다.

다가드는 나를 보던 엄마의 시선이 내 발로 떨어졌다. 내가 맨발로 깔개 위를 딛자 엄마 미간이 노골적으로 좁아졌다. 엄마는 운동화에 양말을 안 신고 다닐 줄은 꿈에도 몰랐다며 자리에 주저앉더니 당신의 양말을 벗었다. 나는 산에 와서 신발 벗을 일이 있을 줄은 꿈에도 생각 못 했다고 속으로 중얼거리며 엄마가 내미는 양말을 발에 꿰었다. 교장실에 불려간 학생처럼 발을 얌전히 붙이고 서니, 깔개가 얇아 뾰족한 돌멩이가 발바닥을 찔렀다. 엄마 양말이라도 신었으니 망정이지….

엄마가 산소 앞으로 가까이 오라고 손짓했다. 그쪽으로 다가들며 발을 디딜 때마다 발바닥에 자극이 가해져 최대한 발을 옴츠리고 걸었다. 엄마가 소주잔을 들어 올리더니 한쪽 무릎을 접고 앉아 유리병을 내밀었다. 내가 유리병을 받아 들고 잔에 기울이자 청주 냄새가 진하게 올라왔다. 엄마가 잔을 바닥에 붙을 정도로 낮게 드는 바람에 나는 요가 하듯 상체를 한참 구부려야 했다. 엄마가 내 무릎을 쳐다보며 못마땅하다는 표정을 지었다. 뻣뻣하게 그러지 말고 그냥 무릎을 꿇으면 된다고 말하는 것 같았다. 엄마는 술잔을 산소 위에서 두어 번 휘휘 돌린 뒤 바닥에 내려놓았다. 그러고는 나를 향해 고개를 끄덕였다. 내가 눈만 끔벅이자 엄마가 두 손을 포개 당신 이마에 갖다 댔다. 절을 하라는 것 같았다. 손을 이마에 붙인 걸 봐서 반절도 아니고 큰절을….

나는 정식으로 큰절을 해본 적이 없었다. 미국에서 결혼식을 올렸기에 큰절을 많이 하는 폐백을 드릴 기회도 없었다. 도움을 구하는 심정으로 엄마 쪽을 보니, 엄마는 신중한 눈빛으로 제기를 매만지고 있었다. 나는 좀 전에 엄마가 보여준 대로 포개진 손등을 이마에 댔다. 다리를 어떻게 해야 할지 몰라 고민하다가 모아서 무릎을 꿇기로 했다. 손 모양에 정신이 팔려 다리 쪽의 힘 조절을 못해 무릎이 그대로 바닥에 내려꽂혔다. 깔개 아래 돌멩이가 무릎에 박히는 듯해 목구멍에서 비명이 삐져나올 뻔했다. 머리를 숙일 때야 비로소, 큰절할 때 여자는 무릎을 꿇는 게 아니라 가부좌를 튼다는 게 생각났다. 엎드린 내 머리 위에서 엄마 목소리가 들렸다. 평소와 조금 달리, 차분하고 낮은 소리였다.

– 보이소, 외손녀 절 받으이소. 경주라예. 미국에서 왔어예.

언제 머리를 들고, 언제 일어나면 되는지 몰라서 나는 엎드려 땅바닥에 고개를 박은 채 그대로 있었다. 머리 위에서 엄마가 중얼거리는 소리가 들렸다. 나무아미타불 관세음보살. 잠시 후 내가 이마에 붙였던 손으로 땅을 짚고 일어섰다. 뭘 알고 그런 게 아니라 바닥의 돌멩이에 무릎이 너무 배겨서였다. 일어서면서 아픈 무릎에 절로 손이 갔다. 엄마가 산소로 다가들더니 쪼그리고 앉았다. 산소에서 잡풀을 뽑으면서 엄마가 돌아보지도 않고 말했다.

— 작가님요, 고마, 인자 촬영하까요.

얼른 신발을 신고 카메라 쪽으로 갔다. 녹화 버튼이 켜져 있는 걸 확인하고 카메라 가방에서 마이크를 꺼내 왔다. 엄마 옷깃에 핀마이크를 끼우고 내 셔츠 앞주머니에도 마이크를 꽂았다. 와이파이 연결이 안 잡힐까 봐 걱정했는데 용케 마이크에 녹색 불이 들어왔다.

◉REC #8-4 : 못 잊을 사람

산속에 이렇게 트인 곳이 있네요. 여긴 어딘지요?

여기가 그 고창 여자한테서 산 땅이지예. 그 일부라예. 이 산소는 그 사람 어무이 묘고요.

그 산소는 김순효 씨가 땅을 사실 때 다른 곳으로 이장한 다고 하지 않으셨나요?

원래는 그라기로 했지예. 땅을 받으러 와서 보이, 산소를 이장한다꼬 일꾼 몇을 불러났데요. 대관절 내는 뭐 할라꼬 이장하는 데를 따라왔는지…. 계약서에 도장 찍고 군청 가 서 신고하고 고마, 냅따 집에 오면 될 것을요. 하기사, 저짝 이 내한테 같이 가달라 캤지예. 중간에서 다리 놓은 그 아지매랑 가기로 했는데, 아침에 부엌에서 넘어져 갖꼬 발목이 부러졌다 카데요. 그 며느리 되는 이랑은 동무 지간이라는데…. 아까 본 감나무 집 대봉댁요. 그이도 친정에 다니러 갔다 캐요. 그래도 고마, 안 간다 하믄 고만일 낀데 내가 참, 속도 읎지예. 저짝이 간밤에 귀신이라도 본 거맨쿠로 겁먹은 것 같아 보이길래 고마, 같이 가주삔다고 해부렀지예. 산에 올라와서 일꾼들이 무덤을 파는데 옆에서 보이, 저짝 얼굴이 허옇게 뜨는 기라요. 허기사, 눈 뜨고 보는 데서 어무이 관 뚜껑을 연다 카이 그럴 만도 했것지예. 우리 사이 속사정이 어떻든, 저짝 보기가 영 딱하데요. 그래서 내가 팔을 요래 잡아줬지예. 그랬드마는 얼른 내 손을 붙잡고 버티데요. 울매나 몸을 달달 떠는지 붙잡고 있는 내 팔이 다 떨리는 기라요.

관을 파내고 일꾼들이 뚜껑을 열까요, 하는데 저짝이 대답은 안 하고 내 얼굴을 쳐다보는 기라요. 그라이까네 일꾼들도 다 내를 보데요? 별수 없이 내가 열어주이소, 했네예. 전에 애들 아부지 고향에서 이장하는 걸 본 적이 있었지예. 관을 열어서 속을 살뜰히 들따보고 걷어낼 거 있으면 치우고 새로 넣어줄 거 있으믄 챙겨주고 하데요. 관 뚜껑이 열리이까네 저짝이 땅바닥에 풀썩 주저앉아 뿌데요. 혼절이라도 하나 싶어 얼른 붙잡아 줬는데 내 가슴팍을 부여잡고 저짝이 고마, 통곡을 하는 기라요. 울며불며 한다는 말이⋯.
지가 태어나 불고 울 어메 얼굴을 인자사 첨으로 보네요이.
첨으로 보네요이⋯. 같은 말을 하고 또 하면서 그리 섧게
우는 기라요.

　일꾼들이 그라는데 관이 습기도 안 차고 뽀송하다 캐요.
땅이 좋아서 그렇다꼬요. 앞쪽으로 전망이 안 트여서 그렇
지, 볕도 알맞이 받고 비 오고 눈 오면 물이 밑으로 바로 빠
지는 기, 산소 자리로는 이만한 명당이 없다카는 기라요.
내사 마, 그런 말을 듣고 우야겠어여. 어무이 산소를 여다
두이소, 고마. 그캤네요. 그 말에 저짝이 울다가 바로 그치
데요. 대신 벌초는 알아서 챙기라 했지예. 아무리 속이 없
어놔도 내가 저짝 어매 산소 벌초까정 해줄 수는 없는 일
아니겠어예.

　그랬군요. 그분이 많이 고마워하셨겠어요.

　그랬지예. 마이 고마워하데예. 그 귀한 대봉감을 한 보따
리 안겨주데예. 묻어둔 홍시도 주고, 말린 곶감도 주고⋯.
그렇게 바리바리 싸주고도 성에 안 차는지, 아무 때나 오라
카데예. 오면 또 퍼준다꼬예. 평생 물릴 때까지 내한테 그
집 감을 대줄끼라 카데예. 말로는 고맙다 캤지만서도 속으

로는 환장하겠는 기라요. 아지매요, 내가 뉜 줄 알고 그런 소릴 하능교, 싶어서예.

그런데 이건 상석이라고 하는 거지요? 산소 앞에 음식 올릴 때 쓰는 제상 같은 거요. 이 산소에는 왜 상석이 옆에 있나요?

아, 이거는 상석이 아닌데예. 딱 보믄 알 낀데…. 이건 고인돌이라예, 고인돌.

이게 상석이 아니라… 고인돌이라고요?

이래 봬도 내 손으로 직접 맹근 택이라예. 알마치만 한 돌을 찾아댕기느라 울매나 애먹었는데예. 고창에 많다 카는 고인돌하고 모냥이 얼추 비슷하지예?

이걸… 이 고인돌을 김순효 씨가 직접 만드셨다고요?

내 혼자 맹근 건 아니고예. 돌을 옮기고 고일 때는 일꾼을 썼지예. 별로 크지도 않은 돌이 어째 그리 무거운가…. 남자 몇이 달겨들었는데 꿈쩍도 안 하데요. 그래도 넘의 땅에 손 안 대고 여그 땅에서만 찾은 돌로 맹글었지예.

고인돌을 산소 옆에 왜 만드신 건가요?

들자 하이, 고인돌이 원래 무덤이라 카데예. 그 옛날에도 사람이 죽으면 요래 무덤을 만들어주고 그랬다꼬예. 시상에… 그 큰 고인돌을 기계도 없이 사람 손으로 우째 만들었을까예? 내 손으로 만들어보이 더 기가 막힌 기라요. 이만한 돌도 남자 셋이 못 들어갖고 밧줄을 감아서 끄네, 땅기네…. 난리도 아니었거든예.

그럼, 이 고인돌을 어떤 분의 무덤으로 만드셨다는 건가요?

하모요. 그 고창 여자요. 저짝 무덤으로 맹근 기라요.

* * *

엄마가 카메라 쪽으로 고개를 돌렸다. 뭔가 잠시 생각하더니 가슴팍에서 마이크를 떼 내게 내밀었다. 그러고는 산소 앞에 펼친 깔개를 고인돌 옆으로 끌어다 옮기려 했다. 내가 마이크를 주머니에 넣으면서 깔개 한쪽을 잡아 거들었다. 엄마가 술잔의 술을 산소에 뿌리듯이 붓는 걸 보고 카메라가 있는 쪽으로 갔다. 카메라 배터리 잔량이 얼마 없다는 표시가 깜빡였다. 카메라를 끄려 손을 뻗는데 등 뒤에서 엄마가 불렀다.

– 경주야, 어여 와서 절 올리그라.

카메라를 끄지 않고 두기로 했다. 어차피 얼마 안 있어 알아서 멈출 터였다. 나는 엄마가 있는 쪽으로 가서 다시 신을 벗고 깔개 위로 올라섰다. 엄마 양말을 그대로 신은 채였다. 엄마가 만들었다는 고인돌 앞에는 아까처럼 놋쇠 제기 위에 곶감 다섯 알이 올려져 있었다. 산소 앞에 놓은 것과 별도로 엄마가 준비해 온 것이었다. 엄마가 쪼그려 앉아 소주잔을 들었다. 나는 한쪽 무릎을 접고 유리병을 들어 잔에 따랐다. 한 번의 경험이 고작이었지만, 아까처럼 허둥대지 않았다. 엄마가 술잔을 공중에서 휘휘 돌렸다가 깔개 위에 다시 놓았다. 나는 뒤로 몇 걸음 물러나 양손을 붙여 이마에 갖다 댔다. 발바닥에서 여지없이 모난 돌멩이가 느껴졌다. 이번에는 발에 힘을 줘서 바닥을 단단히 밟았다. 그러는 편이 발바닥을 오그렸을 때보다 오히려 덜 아팠다. 나는 천천히 무릎을 구부려 가부좌를 틀 듯이 앉았다. 손바닥이 깔개에 닿을 정도로 허리를 최대한 낮췄다.

– 보이소. 그짝 딸이 왔어예. 마이 보고 싶었지예. 고마,
너무 오래 기다리게 했네예. 경주라예. 절 받으이소.

나는 엎드린 채 그대로 있었다. 그 뒤로 엄마가 하는 말
은 내 귀에 잘 들리지 않았다. 망자를 화장해서 어디다 뿌
렸다는데 그게 어딘지 아버지가 말 안 해서 아무도 모르고,
누가 뭐래도 어무이 곁이 제일 안 좋겠나 싶어서 여기다 자
리를 마련했고 어쩌고 하는 말…. 그 모두가 고장 난 스피
커에서 나오듯 뭉개지는 소리로 들렸다. 나는 엎드린 자세
그대로 팔다리를 몸 쪽으로 바짝 끌어당겼다. 그러는 사이,
내 몸은 공처럼 둥글어지고 새처럼 작아졌다. 마치 물속에
들어앉은 양 나는 외부의 모든 것으로부터 밀려났다. 이제
는 몸 바깥에서 들어오는 그 어떤 자극도 느껴지지 않았다.
머리칼을 흔드는 바람, 나뭇잎이 서로의 몸을 비비는 감각,
말을 섞듯 번갈아 우짖는 새소리, 바닥에 밀착된 내 몸을
찌르는 돌멩이, 얇은 비닐 깔개에 스미는 땅의 냉기…. 그
런 게 하나도 느껴지지 않았다.

스핀 숏의 피사체가 된 듯 내 몸만 빼고 세상 모든 게 빙
글빙글 돌았다. 세상은 컴컴하고, 고요하고, 아득했다. 물속

이 틀림없었다. 어디서 시작되었는지, 그 원류를 알 수 없는 물이 내 손을 타고 바닥으로 흘러내렸다. 델 것처럼 뜨거워 입술을 깨물어야 했다.

– 경주야.

엎드린 내 머리 위에서 날 부르는 소리가 들렸다. 저 하늘 높은 곳에서 내려오듯 깊게 울리는 소리였다. 엄마 목소리가 아니었다. 세상이 여전히 빙글빙글 돌면서 내 주변에 회오리가 이는 것 같았다. 걷잡을 수 없게 현기증이 올라왔다. "미국서 사위가 왔어요!" 하고 외치는 대봉댁 아주머니 소리며 "아이고, 조 서방!" 하는 엄마의 달뜬 소리가 회오리 막에 부딪혀 튕겨 나갔다.

가만히 엎드려 있을 뿐인데 먼 곳에서 막 돌아온 사람처럼 나는 숨이 가빠오기 시작했다. 어깨가 저절로 들썩여질 정도였다. 얼핏, 어떤 힘이 회오리를 뚫고 들어와 내 어깨에 닿는 것이 느껴졌다. 그 힘이 나를 천천히 끌어 올려 일어서게 했다. 고개를 들고도 나는 바로 눈을 뜨지 못했다. 여전히 물속 같았다. 눈을 떠보려 했으나 이내 뜨거운 물이 쏟아져 들어오는 바람에 얼른 도로 감았다. 두툼하고 따뜻한 손이 내 얼굴에서 물을 닦아냈다. 내 눈을 지그시 누르는 손가락도 느껴졌다. 그제야 겨우 눈을 뜰 수 있었다. 물에 가리어 뿌옇고 흐릿한 얼굴…. 초점을 맞추려 눈을 끔뻑였지만, 얼굴은 쉽게 선명해지지 않았다. 입안에서 비릿한 피 냄새가 났다. 내가 입술을 너무 세게 깨물고 있었다는 걸 그제야 깨달았다.

손이 내 어깨를 당기자 내 얼굴이 누군가의 가슴에 닿았다. 불끈거리는 누군가의 심장 박동이 내 한쪽 뺨에서 그대로 느껴졌다. 후끈한 땀내에 섞여 익숙한 향이 났다. 햇볕 따스한 날, 짙은 초록의 숲에서 숨을 크게 들이쉴 때만 맡을 수 있는 샌달우드 향…. 향기에 취한 듯 나는 다리에 힘이 풀려 인철의 품에 더 깊이 기댔다. 내 입술이 절로 벌어졌다. 오로지 숨을 쉬기 위해서였다. 그런데 숨 대신, 입술 사이로 비명 같은 외마디가 반복적으로 터져 나왔다. 그 소리는 내 의지와 너무 상관없어서 다른 사람 입에서 나오는 듯 낯설었다.

– 엄마, 엄마, 엄마, 엄마….

■ STOP

그림자

엄마는, 고창에 다녀온 이듬해 돌아가셨다.

나와 함께 고창에 갔던 때와 같은 계절이었다. 그때, 엄마는 이미 당신이 담낭암에 걸린 사실을 알고 있었다. 그건 오로지 엄마만 아는 일이었다. 심지어는 언니조차 몰랐다. 엄마를 병원에 모시고 다닌다고 생색은 있는 대로 내더니 어떻게 그걸 모를 수 있냐고 오빠는 언니를 두고두고 책망했다. 그럴 때마다 언니는 나한테 하소연했다. 자신도 엄마한테 감쪽같이 속았다고…. 나는 숨기는 게 꼭 속이는 건 아닐 수도 있다는 말을 위로랍시고 했다. 엄마 딴에는 숨길 이유가 있었을 테고, 그 이유는 대개 당신 자신이 아닌 다른 사람을 위한 것일 공산이 크다고도 했다. 언니는 아홉 살이나 어린 게 뭘 아는 척하느냐고 타박하면서도 위안이 되는 눈치였다.

고창에 다녀오고 얼마 안 돼 엄마는 아프다는 사실을 마침내 자식들에게 털어놓았다. 거처를 공기 좋은 곳으로 옮기기 위해서였다. 고창이었다. 오빠와 언니는 대한민국에 공기 좋은 곳이 얼마나 많은데 하필 고창이냐고 처음에는 마뜩잖아했다. 그런데 막상 공기 좋은 곳을 콕 집어내려니 마땅한 데가 없었다. 엄마 친정은 어른들이 죄 돌아가시면서 자손들 모두 시골을 떠나 도시에 살고 있었다. 그렇다고 제아무리 공기가 좋은들, 아버지 고향에다 엄마를 모실 수도 없는 노릇이었다.

　　엄마는 병원에서 권하는 수술이며 항암치료를 모두 거부했다. 83년 동안 몸에 안 댄 칼을 이제 와 대기는 싫다며 수술도 거부했다. 그 말을 반대하고 나서는 자식은 없었다. 방사선치료를 받지 않겠다며 엄마는 머리카락이 아깝다는 이유를 내세웠다. 그 말을 어이없어하는 자식도 없었다. 팔순치고 엄마는 검은 머리가 꽤 있는 편이었고 나이에 비해 머리숱도 풍성했다. 심지어 엄마는 잇몸도 튼튼했다. 치과에 모시고 갔을 때 엄마 잇몸 나이가 40대 초반으로 나와 의사가 사진 찍어 남기더라는 오빠의 목격담도 있었다. 엄마는 구민 센터에서 배드민턴도 쳤다. 동네 스포츠센터에서 배드민턴을 친 구력이 30년이다 보니 청년들도 같이 쳐달라고 청해올 정도였다. 엄마는 무릎이 아파 제자리에서 쳐야 한다고 양해를 구했다. 한 발 정도 움직이는 것으로도 엄마는 어지간한 공을 잡아냈고 급격한 몸동작을 요구하는 공은 아예 치지 않았다. 그래도 엄마와 배드민턴을 치겠다는 초보자들이 줄을 서서 엄마가 암에 걸렸다는 사실을 눈치채기가 더 어려웠다.

그뿐만이 아니었다. 엄마는 그새 영화 출연도 했다. 무릎이 아파 절뚝거리게 됐을 때 엄마는 영화 관계자들에게 그 사실을 즉각 알렸다. 혹시 무릎 연골이 닳아 제대로 못 걷는 노인 역이 있으면 맡겨달라고…. 암에 걸린 뒤에는 그 내용이 어떤 병이든 걸려 죽어가는 노인 역을 달라는 것으로 바뀌었다. 암이면 더 좋고….

지성이면 감천이라고, 고창으로 옮긴 지 얼마 안 돼 그런 배역이 필요한 영화가 나타났다. 여주인공이 평생 연을 끊고 살던 어머니를 고향집에서 재회하는 장면이었다. 엄마가 맡은 역은 극 중 병든 어머니였다. 별 대사 없이 딸을 바라보며 손을 내밀다가 속으로 7초 정도 세고 베개 아래로 고개를 푹 떨구면 되었다. 어머니가 숨을 거두자 딸이 마당으로 뛰쳐나가 감을 따 먹으며 섧게 운다는, 좀 뜬금없게 느껴지는 장면은 원래 대본에 없었다. 엄마가 감독에게 적극적으로 권해 들어갔는데, 실제로 감이 너무 떫어 여주인공을 맡은 배우는 큰 힘 안 들이고 눈물이 나왔다고 이후 자신의 SNS에 촬영 후기를 올렸다.

그 영화를 끝으로 엄마는 급기야 아무것도 할 수 없는 상태가 되었다. 화장실 가는 것도 힘들어져 언니가 상주 간병인을 구했다. 얼마 뒤 간병인은 음식 수발이며 청소를 맡기로 하고 대봉댁 아주머니가 감나무 집으로 거처를 옮겨 한방에서 먹고 자며 엄마를 돌보았다. 오빠와 언니도 매주 교대로 고창으로 내려가 엄마를 보살폈다. 나는 엄마와 고창에 다녀온 직후 미국으로 돌아왔기에 엄마에게 가볼 수 없었다. 엄마가 사람을 못 알아보기 시작했다며 곧 가실 것 같다고 울먹이는 언니의 기별을 받고 바로 비행기를 탔다. 언니 말과는 달리, 엄마는 날 대번에 알아보았다. 기력이 없고, 말이 어눌하고, 쪽마루나 평상에 나가 볕을 쬐다 말고 자꾸 졸았지만, 인지 상태는 크게 나쁘지 않았다. 담당 암 때문에 얼굴이 누렇게 떠서 병색이 확연해 보이긴 했다. 엄마가 가끔 알아보지 못하는 사람은 희한하게, 곁에서 가장 오랜 시간을 보내는 대봉댁 아주머니였다. 아주머니를 돌아가신 외할머니로 오인하는 건 그러려니 했지만, 돌아가신 큰외삼촌으로 착각하고 "오빠요"라고 부르는 이유는 종잡을 수 없었다.

나는 엄마를 돌보며 3주 정도 고창에 머물 예정이었다. 고창에 도착한 지 며칠 안 돼, 아주머니가 남자 일꾼 서넛을 데려왔다. 집 앞에 선 소형 트럭에 나무 몇 그루가 뿌리째 실려 있었다. 아주머니가 숲속 빈터에 감나무를 심으러 간다며 나보고 엄마 곁을 지키라고 했다. 내가 온다는 소식을 듣고 엄마가 아주머니에게 미리 부탁한 것이었다. 산에 있는 산소 벌초와 더불어 감나무 가지치기는 아주머니가 맡을 거라고 했다. 아주머니는 트럭 위 나무들을 가리키며 이왕 심는 김에 꽃나무 몇 그루도 보탤 작정이라 했다. 아주머니는 사는 게 바빠 잘 챙기지 못했다고 내내 나한테 미안해했다. 나는 아주머니를 위로한답시고 당연히 자식이 챙겨야 할 일이라고 말했는데 '자식'이라고 할 때 여지없이 말을 더듬었다. 붉어진 내 얼굴을 어루만지며 아주머니는 그런 내가 '성님'을 더 빼닮았다며 눈시울을 붉혔다.

일하는 사람들에게 김밥을 갖다주느라 한 번 산에 다녀왔다. 엄마가 산에 감나무 심은 걸 보고 싶어 한다는 말을 아주머니에게 전했다. 오후 늦게 일꾼 중 제일 건장해 뵈던 남자가 엄마를 모시고 가려 산에서 내려왔다. 집에 오빠가 마련해 놓은 휠체어가 있었지만, 산 위로 올라갈 때는 남자가 엄마를 업는 수밖에 없었다. 엄마는 미안하다는 말을 서른 번도 더 했다. 남자는 엄마가 가벼워서 힘이 하나도 안 드니 괜찮다고 했고 엄마는 그나마 다행이라고 했다. 그리 조를 땐 언제고, 막상 산에 올라와서 엄마는 누구 산소냐고 몇 번을 물었다. 가르쳐주면 또, 그것도 모를까 봐 알려주냐고 짐짓 성을 냈다. 엄마가 고인돌은 바로 알아보았다. 당신이 만들었고, 왜 만들었고, 누구를 생각하며 만들었는지 전부 기억했다. 고인돌 옆에 심은 감나무를 그 가지보다 가느다란 손가락으로 쓰다듬으며 흐뭇한 얼굴로 중얼거렸다. 작은 소리여서 엄마를 곁에서 부축하고 있던 나만 들을 수 있었다.

– 그 좋아하던 감을 인자 실컷 자시게, 나무 관세음보살.

그곳을 떠날 때 엄마는 다시 못 올 사람처럼 산소며 고인돌을 두고두고 돌아보았다. 산 아래로 내려와 엄마를 휠체어에 태웠다. 한동안 잘 굴러가던 휠체어 바퀴에 돌멩이 하나가 끼는 통에 말을 듣지 않았다. 손으로는 도저히 돌멩이를 빼낼 수가 없었다. 아주머니가 휠체어를 접어서 대충 끌고 내가 엄마를 업기로 했다. 등을 내밀며 쪼그려 앉자 웬일로 엄마가 순순히 업혔다. 여윈 줄은 알았지만, 일꾼 남자 말대로 엄마가 그렇게까지 가벼운 줄은 몰랐다. 목구멍이 뜨거워져 침을 몇 번 삼켜야 했다.

내 등에 밀착된 엄마의 가슴은 따뜻하다 못해 뜨거웠다. 그에 비해, 심장 고동은 금방이라도 스러질 듯 희미했다.

어떻게든 당신의 무게를 줄이려 내 목에 바투 감은 두 팔이 바들바들 떨렸다. 내 귓가에서 엄마 턱이 움직이는 게 느껴졌다. 내가 고개를 그쪽으로 조금 돌리자 엄마가 날 부르는 소리가 들렸다. 저기, 작가님요, 하고….

— 내가요… 후회되는 게 또 생겼어예. 안 그래도 후회되는 게 천지빼까린데 또 생겨뿌릿어예.

— 네, 김순효 씨, 말씀해 보세요. 뭐가 또 후회되시나요.

— 우리 막내요. 갸한테 진즉 말해줄 걸 그랬어요. 즈이 어매 이야기를 해줄 걸 그랬어요. 알면 두고두고 맘 쓸까 봐 내 입을 꼬맨 긴데…. 그래가 대봉댁한테꺼정 말을 안 한긴데, 내가 잘못 생각한기라요. 즈거 어매는 고등학교까지 댕겼고 노래도 가수처럼 잘하고 동네 선생질도 한 사람이라꼬 말을 해줬어야 되는 기라요. 갸는 그걸 몰라서 힘들었던 기라요. 즈그 서방하고 헤어진다 카는데, 내사 마, 하늘이 캄캄해지데예. 울매나 그 속이 복잡하믄 얼라를 안 낳겠다 했을까예. 다 나 때문인기라예. 우리 막내, 경주한테 미안해서… 이 노릇을 우짤까예.

내 눈에서 눈물이 터져 나와 뺨을 타고 흘렀다. 소리를 내지 않으려 입술을 안으로 말아 넣고 이로 깨물었다. 우는 걸 엄마가 눈치챌까 싶어 괜히 팔을 튕겨 엄마를 추어올렸다. 그러자 내 목에 두른 엄마 팔에 더 힘이 들어갔다. 나는 앞만 보며 말없이 걸었다. 눈물이 목을 타고 가슴으로 흘러들었다. 잠이 들었는지 엄마도 말이 없었다. 엄마 팔에서 힘이 빠지는 게 느껴졌다. 나는 엄마가 처지지 않게 엄마를 받친 양손을 뒤에서 맞잡았다. 내가 발 딛는 곳마다 저녁 햇빛이 그림자를 드리웠다. 거인처럼 기다란 내 그림자에 비해 등에 업힌 엄마 그림자는 작은 아이 같았다. 공중에 뜬 엄마의 두 발이 앞뒤로 흔들거렸다. 엄마의 동그란 머리가 내 등을 더 파고들면서 두 그림자는 큰 바위처럼 하나로 엉겼다.

아버지

미국으로 떠나기 이틀 전, 엄마가 평상에 나가 별을 보자고 했다. 나는 평상에 앉고 엄마는 베개를 베고 누웠다. 나는 팔을 뒤로 짚고 고개 젖혀 하늘을 보면서 소리 내어 별을 셌다. 별 하나, 별 둘, 별 셋…. 베개에 머리를 붙이고도 엄마는 내가 별을 백 개까지 세는 동안 잠들지 않았다. 백하나를 세려는데 엄마가 일어나 앉으며 부탁이 있다고 했다. 아버지를 찾아가라는 것이었다. 마지막으로 아버지를 만나 하고 싶은 말 다 쏟아놓고 오라고…. 아버지를 위해서가 아니라 날 위해서라고 거듭 말하면서 '제발'이라고까지 했다. 알았다고 하자 엄마가 내 엉덩이를 톡톡 두드렸다. 오랜 짐을 내려놓은 사람처럼 그길로 엄마는 별을 이고 잠들었다. 물론, 나는 아버지를 만나러 갈 생각이 추호도 없었다. 대학 때 독립해 나가 살면서, 그리고 결혼해 미국에

간 뒤로도 나는 아버지와 연을 끊다시피 하고 살았다.

다음 날, 나는 아버지가 있는 요양원으로 가고 있었다. 방에서 자다가 엄마가 내게 한 말을 엿들은 언니가 날 밝기 무섭게 나를 반강제로 차에 태운 것이었다. 언니는 마지막 효도라고 생각하라 했다. 그 효도를 받을 사람이 엄마인지 아버지인지 물어보려다 말았다. 치매가 깊어 아버지가 어차피 사람을 못 알아볼 거란 언니 말에 그나마 위안이 되었다.

과연, 아버지는 한 달에 두어 번 요양원을 찾는다는 언니를 알아보지 못했다. 언니를 보자마자 당신 밥을 훔쳐 먹은 아줌마라며 당장 쫓아내라고, 곁에 있는 원장에게 악썼다. 7년 만에 본 아버지는 다른 사람 같았다. 옷 밖으로 드러난 모든 게 쭈글쭈글 오그라들어 있었다. 생명과 정기 같은 게 죄 빠져나가고 몸에 남은 게 아무것도 없어 보였다. 평생을 당신이 하고 싶은 대로 거리낌 없이 산 사람 같아 보이지 않았다. 악쓰는 것부터가, 정작 하고 싶은 걸 하나도 못 하고 살아 회한만 남은 사람 같았다.

아버지 밥을 훔쳐 먹었다는 죄를 뒤집어쓰고 언니는 결국 방에서 쫓겨가야 했다. 원장이 나를 가리키며 아버지에게 알아보겠냐고 물었다. 밥을 뺏겨 벌겋게 노기가 서렸던 눈이 내게 닿는 순간, 아버지 표정이 보드라워졌다. 솟구쳐

올라갔던 눈꼬리가 내려가고 희미하지만 미소라고 할 만한
게 입가에 떠올랐다. 아버지 눈은 나를 보고 있으면서 또
나를 보고 있지 않았다. 내 머리를 관통해 뒤쪽 벽에 초점
이 맞춰진 듯 눈빛이 아득했다. 아버지가 나를 향해 천천히
손을 들었다. 오라는 건지, 손을 달라는 건지…. 나는 사탕
을 뺏기기 싫어하는 아이처럼 얼른 손을 뒤로 보냈다. 아버
지 손이 허공에서 바들거렸다. 그때부터 아버지 몸에 붙은
모든 게 바들거렸다. 입술을 떼는데 턱이 어찌나 덜덜 떨리
는지 보고 있는 내 몸까지 흔들리는 것 같았다.

— 안순아….

내가 아버지에게서 들어야 하는 말은 그게 아니었다. 누
구의 이름이 아니라 '미안하다'는 말이었다. 엄마는 가능
하면, 아버지에게 미안하다는 말을 듣고 오라고 했다. 아버
지가 나한테 미안하다고 하면 된다고 했다. 아버지가 나한
테만 미안하다 하면 된다고 했다. 아버지가 나한테 미안하
다고 하면 아버지가 잘못한 모든 사람에게 미안하다고 하
는 셈이라고 했다. 아버지가 오로지 내게만 미안하다고 하
면…. 나로서는 이해하기 힘든 말이었다. 아버지에게서 사
과 받아야 할 사람은 누가 뭐래도 엄마였다.

요양원으로 가는 내내, 나는 반드시 마쳐야 하는 어려운 숙제를 받은 아이처럼 아버지에게서 그 말을 끌어낼 방도를 찾아 머리를 굴렸다. 오죽하면 종이에다 '미안하다'고 쓰고 아버지에게 읽으라고 해볼까…. 유치하고 무용하기 짝이 없는 생각도 했다. 언니에게 조언을 구해도 보았다. 언니는 아버지가 잘못한 걸 싹 다 늘어놓고 사과하라 우겨보라고 했다. 아버지가 예전 일을 전혀 기억 못 하니 아버지가 잘못한 걸 적당히 지어내도 된다고 했다. 하긴, 뭘 억지로 지어낼 필요가 없지, 아버지는…. 뭐가 좋다고, 그 말끝에 우리는 동시에 웃음을 터뜨렸다. 그러고 언니는 고개를 돌렸는데 차창에 기댄 한쪽 팔이 자꾸 움직이는 게 눈물을 닦는 것 같았다.

– 난 너처럼 아버지를 대놓고 미워하지도 못해. 고등학교 때 맨날 사고 치고 다닐 때 날 잡아준 게 우습게도 아버지였다, 너? 내가 담배 피다 걸려서 아버지가 교무실로 불려온 날, 집에 가는 차 안에서 아버지가 그러더라. 아버지 인생이 엇나간 게 딱 내 나이였다고. 그때 선생님이 가라는 학교에 얌전히 갔더라면 지금쯤 초등학교 교장선생님은 돼 있었을 거라데. 그래서 내가 그 참에 용기 내서 물었다? 아버진 왜 그러고 살았냐고. 아버지가 뭐라는 줄 알아? 진해

야, 내가 잘못하는 걸 잘못한다고 갈치주는 사람이 없었데이. 한심한 변명 같지? 나도 어이없었어. 근데 내가 아버지하고 똑같더라고…. 그때 나한테 잘못하는 거라고 아버지가 짚어주니 그제야 알겠더라고…. 그게 맨날 듣는 엄마 잔소리하고 뭐가 달랐을까? 아직도 그걸 모르겠어. 암튼, 엄마가 알면 섭섭해하겠지만, 난 아버지가 가르쳐줘서 정신 차린 거 같아. 그래서 아버지가 좀 짠하기도 해. 가르쳐주는 사람이 없어서 그리됐다는 게 진짜 같기도 해서….

쥐어짜 보면, 나도 언니 같은 마음이 들었던 적이 없는 건 아니었다. 엄마가 창고 방에 있던 책을 죄 쓸어다 고물상에 갖다 넘겼을 때…. 집에 잘 없는 아버지는 집에 있는 날이면 계단 아래 창고 방에 들어가 있길 좋아했다. 그것도 남들 다 자는 밤에…. 내 방이 바로 그 위인데다 잠귀도 밝아서 나는 아버지가 거길 들락거릴 때마다 잠을 설쳤다. 아버지가 없을 때는 나도 창고 방에 자주 갔다. 거기에 책이 있었다. 나는 백석, 이상, 김수영을 대학 전공 시간이 아니라 초등학생일 때 그곳에서 먼저 만났다. 나는 거기서 어떤 사진작가의 여행기를 즐겨 읽었다. 세계 여행은 꿈도 못 꾸었을 시절, 전 세계를 누비며 사진을 찍고 글을 붙인 여덟 권짜리 전집이었다. 나는 한자 천지에, 세로로 쓰인 글귀를 암호 풀 듯 하나하나 해독하며 읽었다. 아프리카 편으로 넘어갈 즈음, 그 책은 창고 방에서 흔적도 없이 사라졌다. 아버지가 밤에 창고 방에서 책을 읽는다는 사실을 모르는지, 엄마는 책을 모조리 싸 들고 고물상에 갖다주고는 고리 과자를 한 양동이 받아왔다. 아버지만 빼고 온 가족이 손가락에 고리 과자를 끼고 하나씩 뽑아 먹으며 〈웃으면 복이 와요〉를 볼 때 나는 처음으로 아버지가 안됐다고 생각했다. 물론, 1초도 안 되게 아주 잠깐….

엄마에게서 받은 숙제는 뜻하지 않게, 너무 쉽게 풀렸다. 아버지는 내게 미안하다는 말을 하다못해 두 손으로 머리를 싸매 쥐었다. 창자를 쥐어짜는 것 같은 소리로 그 이름을 자꾸 부르며…. 아버지가 미안하다고 말하는 대상이 나인 것 같진 않았지만, 어쨌든 나를 앞에 놓고 한 말이긴 했다. 어려운 숙제를 해결해 준 게 조금은 고마워 원장이 내 손을 끌어다 아버지 손과 겹칠 때 나는 가만히 있을 수 있었다. 대구에 간 김에 언니와 동갑내기인 외사촌을 만나 점심을 같이 먹었다. 집에 가서 저녁까지 먹고 가라는 걸 겨우 뿌리치고 언니와 차에 올랐다.

감나무 집에 돌아오니 밤 11시가 다 돼 있었다. 밤공기가 찬데 엄마가 평상에 나와 앉아 있었다. 대봉댁 아주머니가 끌어다 놓은 전기난로가 보였다. 우리가 온 줄 모르고 엄마는 검은 허공만 바라보고 있었다. 머리 위에 떠 있는 달이나 별을 보는 것도 아니었다. 아버지가 나한테 미안하다 했다고 전하려 언니가 엄마 옆에 달려가 앉았다. 그래도 엄마가 언니를 쳐다보지 않았다. 언니가 나더러 말하라는 듯 평상에서 일어나 방으로 갔다. 나는 엄마 옆에 앉아 옆얼굴을 물끄러미 쳐다보았다. 흐릿한 노랫소리가 들렸다. 어디서 들어본 곡조 같기도 하고 아닌 것 같기도 했다. 나는 아무 말 하지 않았다. 엄마는 당신이 아버지한테 나를 보냈다는 사실도, 미안하다는 말을 듣고 오랬다는 사실도 까맣게 잊은 듯했다. 잊은 게 아닐 수도 있었다. 늘 곁을 지키던 두 딸이 보이지 않았는데 어딜 다녀왔느냐고 묻지 않는 걸 보면…. 나를 쳐다보지는 않았지만, 엄마는 내 손을 끌어 당신 두 손에 품어주긴 했다. 그럴 때도 엄마는 계속 같은 곡조를 흥얼거렸다. 대부분 콧노래였고 기껏 아는 한두 소절에 가사를 붙여 불렀다. 엄마가 입술을 제대로 벌리지 않아 어디서 다른 사람이 부르는 노랫소리처럼 들렸다.

— 꽃이 피면 같이 웃고 꽃이 지면 같이 울던 알뜰한 그 매애앵세에에….

이야기

　나는 이제, 예전의 내가 아니게 되었다. 이제 나는 자란 곳만이 아니라 태어난 곳까지 아는 내가 되었다. 그러니까 누가 고향이 어디냐고 물으면 주저할 필요 없이, '고창'이라고 하면 되는 사람이 되었다.

　이제 나는 나를 낳아준 사람의 이름이 '최안순'이라는 것도 아는 내가 되었다. 그래봐야 이 세상에 그 이름을 알거나 기억하는 사람은 몇 안 되지만 그런 건 중요하지 않았다. 엄마도 떠나셨으니, 나하고 감나무 집 대봉댁 아주머니 말고는 그 이름을 아는 이가 정말 몇 안 된다. 어떤 경로로든 〈인생 인터뷰〉 시즌 5, '단역배우 김순효 씨' 편의 촬영본을 본 사람이 전부다. 내게서 촬영본을 전부 받아 간 용석, 감나무 집에 왔을 때 일부 촬영분의 USB를 가져간 언니, 같은 날 언니에게서 그걸 전해 받은 인철…. 그뿐이다.

다른 사람은 알 수가 없다. 〈인생 인터뷰〉 시즌 5, 제6화 '단역배우 김순효 씨' 편은 방송되지 못했기 때문이다. 클라이언트 방송국에서 급히 편성된 먹방 때문이었다.

50만 명의 팔로워를 거느린 먹방 스타 유튜버는 방송국과 새 프로그램을 계약하면서 첫 방송일을 2주 뒤로 잡을 것을 요구했다. 자신의 생일에 맞추려는 의도였다. 방송국 측에서는 졸속 제작을 할 수 없다고 '소심하게' 거절 의사를 표했다. 먹방 스타는 자신의 지난 영상물을 편집해 파일럿 방송이라도 먼저 내보내야 한다며 사전 합의도 없이, 첫 지상파 데뷔 방송이 나간다는 소식을 유튜브에 올려버렸다. 3만 건에 달하는 댓글들이 '채널 고정'을 약속했다. 방송국은 어떤 프로그램을 버리고 어떤 프로그램에 총력을 기울일지 결정하는 데 큰 고민이 필요 없었다. 〈인생 인터뷰〉보다 시청률이 낮은 프로그램이 아예 없는 건 아니었으나 하나같이 시작한 지 얼마 안 돼 좀 더 추이를 지켜볼 여지가 있었다. 〈인생 인터뷰〉는 이미 다섯 번째 시즌인데다 시즌별로 열 편 제작되는 에피소드 중 '단역배우 김순효 씨' 편은 여섯 번째였다. 그쯤에서 시청률이 안 나와 방송을 중단한다고 해서 왜 열 번을 채우지 않고 접냐고 항의할 시청자가 나타날 가능성은 제로에 가까웠다.

용석은 거의 울 듯한 얼굴로, '단역배우 김순효 씨' 편 방송이 못 나가게 됐다고 내게 전하면서 대신, 약속했다. 가진 인맥을 총동원해 다른 루트를 타고라도 꼭 방송되게 해주겠다고…. 정 안 되면 뷰어 수가 저조하긴 하나 용 프로덕션 스트리밍 채널에 파일럿 프로젝트로라도 올리마고 했다. 알았다고 하는데도 성에 안 차는지, 제목도 이미 〈고인돌 프로젝트〉로 정해놨다며 성난 사람처럼 목청을 높였다. 그 틈을 타 나는 고창에서 찍어온 국숫집 먹방부터 용 프로덕션 채널에 올려달라고 용석에게 파일을 넘겼다.

그 뒤로 용석은 요즘 지상파나 케이블, OTT를 막론하고 방송에 이야기다운 이야기가 없다는 주제로 열을 올렸다. 다들 오늘만 살고 말 건지, 도대체 그 뒤가 궁금한 이야기를 찾아볼 수 없다고…. 단역배우 김순효 씨가 들려준 이야기는 드물게, 이야기다운 이야기였다며 귀까지 벌게져 흥분했다. 이어, '이야기다운 이야기'의 요건에 관해 용석이 주워들은 풍월을 길게 읊는 동안, 나는 속으로, 방송이 안 나가게 생겼다는 말을 엄마에게 전할 방도를 궁리하고 있었다.

기껏 머리를 굴려놓고, 그냥 사실대로 말했다. 고창에 왔던 인철이 미국으로 먼저 들어가고 오피스텔을 처분하기 위해 한발 늦게 떠나는 나를 위해 엄마 집에서 마련한 식사 자리에서였다. 오빠 부부는 친구 아들 결혼식에 가야 한다며 식사 후 바로 일어서고 엄마와 언니, 나만 남았을 때였다. 뜻밖에도, 방송 불발에 유일하게 분노한 사람은 언니였다. 자기 이름이 나올 때 '삐' 처리를 안 해도 된다고 배려까지 해줬는데 용석이 '놈'을 그냥 안 두겠다고 흥분했다. 사장이 그깟 일 하나 해결 못 하느냐로 시작해 고등학교 때 내게 껄떡대다 거절당한 데 앙심을 품고 부러 그러는 것 아니냐며 복수론까지 폈다. 그도 그럴 것이, 언니는 '단역배우 김순효 씨' 편의 후반부 스튜디오 촬영을 하는 날, 엄마의 매니저 겸 코디 역을 맡아 종일 분주했다. 언니의 분노 게이지는 원래 방송이 그런 거라며 심드렁하게 말하는 엄마 때문에 더 올라갔다. 세 노인이 놀이동산을 체험하는 리얼리티 쇼는 하루를 고스란히 바쳐 찍었는데 방송으로 딱 15분 나가더라고 웃으며 말할 때 엄마는 정말 괜찮아 보였다.

– 진종일 재미나게 잘 보냈으면 됐지, 뭘.

약속이 있다며 언니도 일어선 뒤 나는 엄마 집에 좀 더 있다가 나왔다. 버스 정류장까지 엄마가 배웅을 나왔다. 정류장 벤치에 앉아 방송이 안 돼 미안하다고 했더니 엄마가 내 무릎을 쓰다듬으며 괜찮다고 했다. 그리고 뜻밖의 말을 했다.

— 그라믄 고마, 니가 소설로 써뿌리라.

버스가 오는 쪽으로 목을 빼는 엄마의 옆얼굴을 쳐다보았다. 글 쓰는 자식을 둔 사람답게 엄마는 나를 세상에서 제일 글 잘 쓰는 사람으로 쳤다. 결혼해 미국 오기 직전, 지방지 신춘문예에 당선했을 때 엄마는 내 소설이 실린 신문을 한 아름 사다 구민센터에 쌓아놓고 오는 사람마다 읽어보라며 건넸다. 그런 엄마에게 민망하게도, 나는 당선하고 단 한 편의 소설도 쓰지 못했다. 비슷한 시기에 두 군데 문예지에서 단편소설을 청탁받고 집필하기 시작했는데 두 소설의 인물과 주제가 너무 흡사했다. 심지어는 토씨만 다르고 내용이 같은 문장도 몇 군데 발견했다. 그러고 보니, 당선작도 비슷한…. 내가 쓰는 소설은 도통 한 가지 이야기를 벗어나지 못했다. 그마저도 표피만 만지작거리다 만 듯 허술하고 어설펐다. 그 이야기에 사지를 결박당했다는 느낌이 들면서 숨이 막혀왔다. 나는 몸이 아프다는 핑계를 대고 뒤늦게 청탁을 거절했다. 그 생각만 하면 실제로 숨이 가빠지고 기침마저 나온 적도 있기에 순전한 거짓말도 아니었다. 말하자면, 나는 시작도 안 해보고 절필한 셈이었다.

— 내가 그걸 소설로 왜 써.

버스가 오는 걸 보고 내가 자리에서 일어서며 말했다. 버스 계단을 오르는데 엄마가 먼지를 떨어내듯 내 등을 손으로 길게 한 번 쓸었다.

— 그기 어데 내 꺼드나. 느거 어무이 꺼고 경주, 니 꺼다.

처음에는 땅을 말하는 줄 알았다. 엄마 것이 아니라 내 '어무이' 것이고, 내 것이라는 그것…. 자리 잡고 앉으니 차창 밖으로 엄마가 손 흔드는 게 보였다. 버스 밖에 달린 뒷거울 속에 엄마가 조그맣게 들어왔다. 3박 4일 동안, 고창에서 카메라 뷰파인더로 보던 엄마 모습과 흡사했다. 오랜 세월, 세상 그 누구도 모르게 혼자 보살펴 온 무덤처럼, 오로지 당신 가슴에만 묻어둔 이야기를 카메라에 대고 풀어내던 바로 그 모습이었다.

그때 알았다. 엄마 것이 아니라고 한 그것…. 나를 낳은 사람의 것인 동시에 내 것이라고 엄마가 말한 그것…. 그건 땅이 아니라 이야기였다.

엠마

엄마는 오빠와 언니가 아버지 쪽 선산에 모셨다. 엄마를 거기 모시는 걸 반대하는 친척은 아무도 없었다. 비록 아버지와 황혼이혼하고 남남이 되었지만, 엄마가 아버지와 부부로 산 세월이 거반 50년이었다. 그리고 삼촌들, 고모들도 모두 크든 작든, 엄마에게서 도움받지 않은 사람이 없었다. 미국에 사는 나는 엄마의 임종도 지키지 못했고 장례식에도 가지 못했다. 오빠와 언니는 그때 마침 감나무 집에 가 있었지만 역시 임종을 지키지는 못했다. 평소 바라던 대로 엄마가 잠자다 떠나셨기 때문이었다. 큰외삼촌처럼, 한방에서 같이 자던 사람도 모르게….

운 좋게도, 돌아가시기 이틀 전, 엄마와 영상통화를 할 수 있었다. 주로 내가 이야기했고 엄마는 겨우 몇 마디 했다. 그 몇 마디가 내용은 비슷했다. 인철과 내가 입양하게 된 아이에 관해서였다. 몇 살이나 묵었노. 다섯 살. 딸이가, 아들이가. 딸. 이름이 뭐꼬.

– 엠마.
– 왜.
– 엠마라고. 엠, 마.
– 오냐, 엄마 여그 있다. 와, 잘 안 들리나?

내가 엄마를 부른 게 아니라 아이 이름을 말한 거라고, 옆에서 아주머니가 설명하자 엄마는 뒤늦게 그 이름에 흡족해했다. 오빠는 나와 인철더러 장례식에 굳이 올 필요 없다고 했다. 미국에서도 다니는 직장이 있으니 엄마라면 분명, 우리가 안 오기를 바랐을 거라면서…. 그래서 나는 엄마가 돌아가신 이듬해 봄에야 엄마를 찾아갔다. 인철과 엠마와 함께였다. 엄마의 평소 바람대로, 수목장으로 치러져 엄마는 소나무가 되어 있었다. 앞이 시원하게 트인 곳에서 아래로 평화로운 마을을 내려다보는 소나무…. 높은 곳에서 아래를 내려다보길 좋아하던 엄마다웠다.

우리 가족은 고창에도 들렀다. 하얀 감꽃이 피는 계절이었다. 감나무 집 아주머니가 볏짚에 묻어 항아리에 담아둔 대봉감 홍시를 내왔다. 엠마는 처음 먹어보는 감을 아주 좋아했다. 조막만 한 얼굴을 파묻듯 하고 홍시를 먹다가 나와 눈이 마주치자 손에 든 감을 내게 내밀었다. 나는 감을 받아 들며 아이의 손을 두 손으로 싸안았다. 우린 눈을 한 번 맞추고 코를 대고 비볐다. 아이 입에서 진한 감 향기가 났다. 이다음에 더 크면 엠마의 기억에서 사라질 순간이었다. 이 시간 속에서 함께한 나 역시 사라질 게 당연했다. 상관없었다. 엠마가 기억하지 못한다고 이 순간이 의미 없다곤할 수 없을 것이다. 잊히긴 해도 사라지지는 않을 것이다. 이 순간은 아이와 더불어 평생 살아갈 것이다.

언젠가 아이는 이 순간을 몸으로 떠올리고야 말 것이다. 감나무 까치밥에 조금이라도 내 손이 가까워질 수 있게 아버지가 날 무동 태워주던 그 순간처럼…. 그건 꿈이 아니었다. 비록, 나는 잊었으나 내 안에 살아 있던 내 이야기였다. 자랑스러울 것 없지만 부끄럽지도 않은, 오롯한 나의 이야기….

우리는 고창에서 할 일이 많았다. 그래서 며칠은 감나무집에 머물러야 했다. 고창에 도착한 다음 날, 아침이 밝는대로 우리는 산으로 올라갔다. 잠에서 덜 깬 엠마는 인철이업고 올랐다. 대봉댁 아주머니가 남자 일꾼들을 인솔해 앞장섰다. 숲속 빈터에 도착한 뒤 우리는 모두 흩어졌다. 적당한 돌을 찾는 데만 반나절이 걸렸다. 등잔 밑이 어둡다고, 아래쪽 굄돌로 쓸 돌은 나중에야 빈터 근처에서 찾았다. 상석도 우리 땅을 벗어나지 않은 곳에서 길쭉하고 상판이 편편한 걸로 구했다.

우리는 고인돌을 만들 작정이었다. 엄마가 만든 고인돌 옆에 새로이 엄마의 고인돌을 만들려는 것이었다. 고인돌 만드는 일은 생각보다 만만치 않았다. 일꾼 중에는 목수도 있었지만, 고인돌을 만들어본 경험은 당연히, 없었다. 상석을 단단하게 받치려면 굄돌을 땅 밑으로 꽤 깊이 박아 들어가야 했다. 두 굄돌의 수평을 정확하게 맞추는 일도 중요했지만, 상석을 올리는 일이 더 큰 문제였다. 돌은 굵은 밧줄로 묶어 마대 여러 겹을 깔고 옮겨왔는데 그걸 굄돌 위에 올리기엔 인철까지 합해 남자 다섯도 역부족이었다.

– 장모님은 예전에 이걸 어떻게 만드셨을까….

나도 내내 같은 생각을 했다. 삼천 년 전에 만들었다는 방식대로 굄돌 위에 흙을 쌓고 돌을 밀어 올리든가, 아니면 그로부터 삼천 년 뒤의 현대적 중장비를 동원하는 수밖에 없어 보였다. 고심 끝에 우리는 다른 형태의 고인돌을 만들기로 했다. 다리가 뭉툭하니 짧고, 힘들게 수평을 맞출 필요 없도록 두 개가 아닌 여러 개의 굄돌을 썼다. 말하자면, 바둑판식 고인돌이었다. 엄마가 만든 고인돌에 비하면 크기도 한참 줄었다. 어째서 시간을 거슬러 올라갈수록 큰 고인돌이 많은지 이유를 알 것 같았다.

굄돌 위에 상석이 올라가고 남자들이 마무리하는 동안 나는 슬그머니 빈터를 나와 숲에서 또 다른 돌을 찾기 시작했다. 엠마가 날 따라왔다. 한 손으로 아이의 조막만 한 손을 붙잡고 나뭇가지로 한참 수풀을 헤치며 뒤졌다. 적당하다 싶은 돌들을 마대 주머니에 담았다. 엄마 고인돌 옆에 조그만 고인돌을 하나 더 만들 생각이었다. 엄마 고인돌처럼 작은 굄돌을 여러 개 놓고 상석을 올렸다. 엄마의 고인돌이 완성되고 일꾼들은 산에서 내려갔다. 인철은 부지런히 돌멩이를 주워다 고인돌 밑을 더 단단하게 고였다. 한쪽에 내가 만든 작은 고인돌을 보더니 인철이 잘 만들었다고 칭찬해 주었다. 엠마가 자기도 같이 만들었다며 두 손을 치켜들더니 엉덩이춤을 추었다. 빈터 가득 웃음이 터졌다.

인철이 저만치로 가더니 휴대폰으로 사진을 찍기 시작했다. 엠마가 엄마 고인돌 옆에서 포즈를 잡았다. 인철이 원래 있던 고인돌 쪽으로도 가보라고 하자 엠마가 쪼르르 그쪽에 가서 몸을 기댔다. 두 사람 모습을 보고 있다가 미처 못한 일이 떠올랐다. 가방에서 생수병을 꺼냈다. 병뚜껑을 열어 작은 고인돌 위에 물병을 조심스레 기울였다. 가늘게 흘러내리던 물줄기가 작은 고인돌에 가 닿으면서 물기 먹은 부위의 회색빛이 짙어졌다. 곁에 다가든 엠마가 수돗물을 틀어놓고 놀 때처럼, 떨어지는 물줄기 속으로 손바닥을 밀어 넣었다. 아이 손에 닿은 물이 거품을 만들면서 작은 고인돌 위에 젖은 눈처럼 흩뿌려졌다. 병에 물이 없어질 때까지 나는 계속 물을 부었다. 엠마도 그대로 있었다. 물을 먹고 온몸이 촉촉해진 작은 고인돌이 햇빛을 받아 반짝였다.

고개를 들고 보니, 허리 숙인 나무들에 닿은 햇빛이 세 개의 고인돌을 사선으로 비추고 있었다. 세 고인돌의 그림자가 나란히 같은 방향으로 드리워지면서 하나의 그림자로 합쳐졌다. 그림자가 된 고인돌들은 원래보다 몸피가 몇 배로 커졌다. 세계 최대의 고인돌이라 해도 무색하지 않게….

번외편

◉REC #9-2

- 장모님, 고인돌이 영어로 뭔지 아세요?
- 내가 그걸 우예 알겠노. 영어는 에비씨디밖에 모르는데….
- 보세요. 이렇게 써요.
- 디? 그거, 디, 아니가?
- 맞아요! 디, 로 시작해요. 디, 오우, 엘, 엠, 이, 엔.
- 우예 읽는기고.
- 돌멘.
- 돌멩? 옴마야, 영어도 고인돌을 돌멩이라 카나?

◉REC #10-3

그때 말이지요⋯. 남편분이 아이를 데려왔을 때요. 그 아이를 왜 받아주셨던 건가요. 남편분 아이란 걸 혹시 아셨나요?

하모요. 바로 알아봤지예. 전에 본 얼굴이 남아 있기도 허고, 즈 어메를 빼다 박았거든예. 즈 어메도 두 번밖에 못 봤지만 내가 그 얼굴을 우예 이자뿌리것어예. 이름도 그렇고예. 딸을 낳았으니 첫딸 때맨쿠로 즈그 아부지가 또 지도 나 펴놓고 맹글어준 이름이데예. 고향 친구 딸이라꼬 씨도 안 맥힐 소릴 해쌓지만서도, 택도 없지예. 내는 바로 알아먹었는 기라요. 그래가 고마, 내가 키워주꾸마 했지예.

그게⋯. 쉽지 않은 일이었을 텐데요.

은지예, 어려울 것도 없었어예. 내가 안 받아주믄 그 쪼매난 기 어찌 되것어요. 세상천지에 돌멩이처럼 굴러 다니믄서 여기 차이고 저기 차이고 안 허것어예. 머스마도 아니고 가스나가요. 고마, 내만 눈 한 번 딱 감고 요래 공가주믄 어디든 한자리에 지대고 안 살것나⋯. 내가 갸한테 빚진 것도 있고예.

김순효 씨가 아이한테 빚을 진 게 있으시다고요?

처음 고창 갔을 때요, 갸가 내한테 감을 줬다 아입니꺼. 백 년 묵은 감나무에서 난 그 귀한 거를 내가 갸한테서 받았지예.

그 아이… 따님한테서 혹시 고맙다는 말을 들으셨나요.

갸가 그런 말을 우예 하것어예. 앞뒤 사정을 지대로 모를 낀데…. 그라고 그기 꼭 고맙다꼬 말로 받을 일도 아이고요. 작가님요, 저그 저 산을 한번 보이소. 세상천지에 봉우리가 딱 한 개뿐인 산이 어데 있습니꺼. 알고 보믄 저 산이 돌이라 카데예. 저 속이 전부 돌이라꼬예. 돌하고 돌이 저렇게 어불려갖고 산이 됐다 카데예. 내가 배움도 짧고 일자무식이지만서도, 사람도 요래 이짝에서 고이고, 저짝에서 공가주믄서 그래 어불려 사는 거 아이겠나 싶어예. 딱, 요 고인돌맨쿠로요. 그라고보믄, 세상천지가 고인돌 아니겠어예. 고마, 고인돌이 천지빼까리인기라요.

고인 돌

이름 모를 작은 새 두 마리가 날아든다. 잿빛 몸에 한 녀석은 날개에 붉은빛이 돈다. 새들이 덱 난간에 앉아 조그만 머리를 서로 비빈다. 누렇게 바랜 나뭇잎이 떨어지자 한 마리가 기겁하며 날아오른다. 붉은 날개 새는 겁도 없이 내가 앉은 유리 테이블로 옮겨와 앉는다. 나는 숨죽이고 가만히 노트북을 연다. 인터넷 브라우저가 자동으로 켜지면서 알람음이 요란하게 울린다. 붉은 날개 새가 세차게 날개를 파닥이며 날아오른다. 나무 위에서 기다리던 새에게로 날아가기 전에 붉은 날개를 힘주어 펼치고 내 머리 위를 한 바퀴 돈다. 코끝에 한 줄기 바람이 와 닿는다. 나는 숨을 깊게 들이마신다. 노트북 화면에 빈 문서를 띄운다. 마우스를 갖다 대자 커서가 일정한 속도로 깜박인다.

나는 지금부터 소설을 쓸 것이다. 내게 들러붙어 있던 하

나의 이야기 말고 다른 할 이야기가 생겨서가 아니다. 오히
려 그 반대라고 할 수 있다. 나를 옭아맸다고 생각했던 이
야기가 내가 해야 하는 이야기임을 깨달아서다. 그 이야기
를 해야 하는 사람이 나이기에 그 이야기가 끈질기게 내게
서 떠나지 않았다는 걸 알아서다.

엄마는 나보다 그걸 먼저 알았다. 고창에서 카메라에 대
고 이야기할 때 엄마는 다른 사람이 아닌 당신 자신에게 이
야기했다. 당신 입으로 한 번도 말해본 적 없기에 아직 당
신의 이야기가 되지 못한 이야기를 했다.

– 고마, 니가 소설로 써뿌리라.

엄마는 그래서 내게 그리 말한 것이다. 내 이야기를 스스
로 들으라고…. 내가 자신에게 이야기할 수 있어야 그것이
비로소 진짜 내 이야기가 된다는 걸 엄마는 알았다. 엄마
에게 카메라가 있었듯, 내게는 소설이 있다는 것도 알았다.
엄마가 카메라 뷰파인더 속에서 이야기할 수 있었듯 나도
소설 속에서 이야기할 수 있으리라, 엄마는 믿은 것이다.
이번에는 내가 제대로 이야기할 수 있을 거라 믿은 것이다.

한 가지, 엄마가 몰랐던 게 있다. 엄마는 그 이야기가 당
신의 것이 아니라 고창 엄마의 것이자 내 것이라고 말했다.

그렇지 않다. 그건 엄마의 것이기도 하다. 우리 세 사람…. 우리들의 이야기다. 우리 중 누구 한 사람이라도 빠지면 의미가 없거나 바래지는, 아니, 시작될 수조차 없는 이야기, 서로의 이야기다.

우리의 이야기는 엄마가 고창에 처음 가 뜬금없이 그 땅을 사 오던 순간부터 만들어졌을지 모른다. 아니, 좀 더 거슬러 올라가 고창 엄마가 나를 낳던 순간부터 만들어졌을지 모른다. 아니, 더 거슬러 올라가 두 엄마가 태어나던 순간부터, 아니, 두 엄마의 엄마가 두 엄마를 낳던 순간부터…. 아니, 그보다 더 까마득한 옛날부터 시작됐을지 모른다. 그래서 어쩌면 삼천 년 동안 서로를 고이며 묵묵히 서 있는 고창의 고인돌처럼 아주 오래된 이야기인지도 모른다. 그래서 알고 보면, 더 많은 사람의 이야기인지도 모른다. 오늘도 한쪽 어깨 기꺼이 내어주고 서로를 고이며 걸어가는, 세상에 무수한 저 고인 돌들의 이야기인지도 모른다. 그럴 지도 모른다.

나는 '단역배우 김순효 씨' 편으로 저장된 영상 하나를 재생한다. 엄마가 세계 최대 고인돌 앞에 돌멩이처럼 쪼그려 돌아앉아 있다.

엄마.

　나지막이 부르니 내 목소리를 듣기라도 한 듯, 엄마가 돌아본다. 엄마가 새 쫓던 손을 반대 방향으로 흔든다. 거기서 영상을 멈추고 문서창에 다시 마우스를 갖다 댄다. 깊게 심호흡한 뒤 키보드 자판 위에 손을 올려놓는다. 멈춘 영상 속에서 엄마가 나를 부른다. 엄마 목소리가 들린다.

　경주야, 촬영 안 하나? 안 찍고 뭐 하노.

　나는 피아노 치는 모양이 된 손가락 끝에 온 신경을 모아 소설의 첫 문장을 쓴다.

**　오랜만의 전화에서 엄마는 어디 좀 가자고 했다.**
지방이라 기차를 타고 가야 한다고 했다.

당선작인 『단역배우 김순효 씨』는 여타의 응모작과 비교했을 때 문학적 완성도가 가장 뛰어난 작품이다. 고창을 주제로 삼은 많은 응모작들이 이미 알려진 역사적 사실을 가공하여 과거의 고창을 재현하는데 주력했다면 『단역배우 김순효 씨』는 과거의 고창만이 아니라 현재의 고창을 실감 나게 다루면서, 내부에서 바라본 고창과 외부에서 바라본 고창을 능숙하고 노련하게 직조하여 동시대성을 실현한 점이 돋보인다. 소설의 서사는 중층적이어서, 자신의 과거를 발견하는 여정을 떠난 인물의 서사와 그러한 인물을 인도하는 의붓어머니의 서사가 평행을 이루며 펼쳐지는데, 적절한 순간에 두 서사가 교차하여 눈부신 의미를 만들어낸다. 그리하여 고창이라는 공간은 한 개인의 비밀이 숨겨진 사적인 영역에 그치는 것이 아니라, 사람이라면 누구나 지닐 수밖에 없고 견뎌낼 수밖에 없는 보편적이고 영원한 질문, 즉 가족이란 무엇이며 가족을 지탱하는 사랑의 본질은 무엇인가에 대한 질문을 품은 영역으로 확장된다. 이로써 고창은 가장 특별한 공간인 동시에 가장 보편적인 공간으로 새롭게 아로새겨진다. 또한 『단역배우 김순효 씨』는 화자의 목소리와 어머니의 목소리가 교묘하게 어우러지면서 세대를 아우르는 효과를 얻어내는 동시에, 실제 삶과 연기된 삶의 경계를 모호하게 만듦으로써 오히려 삶의 영토를 무한하게 확장해 낸다. 심사위원들은 『단역배우 김순효 씨』가 소설의 기본적인 미학이라 할 수 있는 점, 즉 독자와 소통하여 공감을 불러일으키고 나아가 독자에게 감동을 줄 수 있는 작품이라는데 의견이 일치했다. 『단역배우 김순효 씨』는 고창을 소설의 무대로 삼았다는 점에서만이 아니라, 그 공간을 아름답고 신비로운 비밀을 지닌 공간으로 세공하여 우리 시대 독자 누구나 공감할 수 있는 이야기로 제시하고 있다는 점에서 당선작으로 손색이 없다.

심사위원 : 김양호, 김홍정, 손홍규, 박영진, 정지아

서로 고여야 고인돌이 되듯,
삶과 이야기가 서로 기댈 수 있기를

  사는 동안 좀체, 고창하고는 인연이 없었다.

  고창에 가 본 적도 없고, 그만큼 아는 것도 없었다. 내게,
고창은 그저 지도에 지명으로만 존재하는 '장소'일 뿐이었
다. 결혼하고 얼마 안 있어 미국으로 이민을 오면서 고창은
내게서 더 멀어졌다.

  홀로 사시는 친정어머니 뵈러 매년은 아니어도 한 해 걸
러 한국행 비행기를 탔다. 2년 전, 한국에 갔을 때 엄마가
내게 어딜 좀 같이 가자고 했다. 엄마는 가는 곳부터 말씀
하지 않았다. 어딜 좀 같이 가자는 말을 먼저 했다. 하룻밤
자고 와야 한다며 내 일정이 어떤지 물었다. 그때 깨달아진
게 있었다. 엄마를 보러 온다는 건 핑계였고 한국 와서 그

저 내 볼일 보러 다니느라 바빴구나…. 밤늦게 귀가하면 엄마는 여지없이 잠결에 몸을 일으키며 "밥은 묵꼬 다니나?" 했더랬다. 그게 엄마에게도 시간을 좀 나눠달라는 뜻일 수 있다는 걸 전혀 몰랐다.

그래서 무조건 가기로 마음먹었다. 하룻밤 자는 코스로 엄마가 가자고 하는 '그곳'이 어디든 가기로…. 잡혀 있던 다른 일정들을 뒤로 제치거나 아예 취소했다. 무릎 연골이 닳아 예전처럼 걷는 게 편치 않은 엄마에게 작심하고 지팡이가 되어 줄 심산이었다. 기차표를 끊다가 엄마의 목적지를 알게 되었다. 고창이었다.

오랜만의 전화에서 엄마는 어디 좀 가자고 했다.
지방이라 기차를 타고 가야 한다고 했다.

우리의 현실은 있는 그대로 소설의 첫 문장이 되었다.

온라인으로 기차표 구매를 마치자 엄마는 그제야 고창에 가는 이유를 오래 간직해 온 비밀처럼 털어놓았다. 고창에 엄마 이름으로 땅이 좀 있는데 그걸 내게 물려주고 싶다고 했다. 토지 증여 문제라면 오빠와 동생하고도 상의해야 하는 것 아니냐고 했더니 엄마는 자못 비장한 표정으로 그 땅 주인은 처음부터 '딸'이라고 선언하듯 말했다. 엄마에게 딸은 나 하나니 땅 주인이 나라는 소리였다.

그렇게 내 평생 처음, 고창에 발을 디뎠다. 우선 군청에 가서 땅의 정확한 주소를 받았다. 사십 년도 전에 산 땅이라 엄마의 기억이 흐릿해 우리는 주소를 들고 군청 근처 부동산에 들어갔다. 친절한 '사장님'이 벽에 걸린 대형 TV 모니터 위에 토지 위치와 모양을 '고퀄리티' 3D 영상으로 띄워주었다. 나는 그 땅이 산 중에 있어 '맹지'라고 부른다는 사실을 알게 되었다. 땅 주인이 된다는 생각에 나도 몰래 풍선처럼 부풀어 올랐던 마음에서 바람 빠지는 소리가 들리는 것 같았다. 자꾸 실소가 나왔다.

그래도 먼 길 온 김에 땅은 한번 보고 가야겠기에 엄마와 산에 올라갔다. 알록달록한 지붕을 나란히 머리에 고인 집들이 댐 아래로 보였다. 엄마의 땅이 있는 곳에 얼추 같은 눈높이로 올라와 앉은 집도 몇 채 있었다. 땅이 있는 산과 집들 사이에는 자그마한 저수지도 있었다. 그 모든 게 한데 어우러진 주변 풍광은 꽤 좋았다.

　맹지답게 숲속에 들어앉은 땅은 울창한 잡목 사이에 가려 위치가 가늠도 잘 안 되었다. 어림잡아 저쪽 어디쯤…. 엄마가 가리키는 손끝을 눈으로 따르긴 했지만, 내 발로 밟아보지도 못하는 형편이고 보니 내가 그 땅의 주인이 된다는 실감은 들지 않았다. 이만 산에서 내려가자 할 즈음, 엄마는 또 다르게 묵은 비밀처럼 그 땅을 사게 된 경위를 털어놓았다.

　긴 사연의 골자는 이랬다. 지금의 나보다도 한참 젊었던 엄마는 어느 날 모진 삶의 풍파를 이기지 못해 한없이 고달프고 서러워졌다… 그래서 정처 없이 집을 나섰다… 올망졸망한 삼 남매가 눈에 밟혔으나 먼저 당신부터 살아야 했다… 터미널에서 아무 곳에나 가는 표를 사서 버스를 타고 가다 내린 데가 이곳… 당신도 처음 와보는 이곳…무조건 산을 찾아 올랐다… 아래가 훤히 내려다보이는 산 위에서 숨을 몰아쉬었다… 산 위에 조그마한 제실(祭室)이 있어 당신은 그곳에 들어가 쉬었다… 산에서 내려올 때 당신은 그 산 한 조각 땅의 주인이 되어 있었다.

산에서 내려온 엄마는 다시 모진 삶의 풍파 속으로 되돌아갔다. 어떤 연유로도 자식 차별은 하지 않는 엄마지만, 그렇게 살아가는 동안 어디쯤에서, 엄마는 그 땅만큼은 '딸'을 주마고 다짐했다. 부디 그러지 않길 바라지만, 언젠가 딸이 당신처럼 한없이 고달프고 서러워질 때 그 산과 그 땅이 엄마에게 그랬듯, 한 줄기 위안이 돼주길 바라는 마음에서….

한옥마을 숙소에서 구들 뜨끈한 온돌방에 엄마 무릎 베고 누워 더 많은 이야기를 들었다. 팔십삼 년 엄마의 인생 이야기였다. 그동안 듣지 못했던 새로운 이야기도 많았다. 그 참에 나도 그간 엄마에게, 아니, 엄마라서 더 하지 못했던 새로운 이야기를 할 수 있었다. 엄마와 나는 늦은 밤까지 도란도란 이야기를 나누었다. 그 사이사이 우리는 몇 차례 눈물도 지었고 서로의 등을 쓰다듬었다. 설핏 잠들려는 그때, 엄마가 그랬다.

고마, 나중에 네가 다 소설로 써주그래이.

아직 '소설가'라고 딱히 이름 내밀 수 있는 처지가 아니면서도 딸은 선뜻 그러겠노라 약속했다. 잠결에 좀 아득해지면서 "소설에서는 고창이라고 하면 안 될 거야. 특정 지명을 쓰면 좀 그러니까…." 라는 말을 하긴 했다.

미국에 돌아와 몇 달 지난 어느 날, 내 휴대폰 속으로 포스터 한 장이 날아들었다. 필시, 내가 인터넷 검색창에 빈번히 사용했을 검색어, '소설공모전'으로 생성된 알고리즘에 의해….

제4회 고창신재효문학상.

문구를 읽어 내려가는 동안, 그새 엄마와 한 약속을 잊어버린 내가 미처 간파하지 못한 이유로 심장이 저 혼자 불끈거리기 시작했다. 내 눈은 포스터의 한 지점에 멈췄다.

고창의 역사, 자연, 지리, 인물, 문화 등을 소재나 배경으로 한 내용일 것.

누가 그 글귀를 내 귀에 대고 읽어주는 것 같았다. 마치 '고창'을 소재나 배경으로 삼아 내게 꼭 해야 할 이야기가 있다는 걸 알고 있다는 듯이…. 나는 그 길로 문서 창을 열고 빈 종이 맨 위에다 글자를 찍어 넣었다.

제4회 고창신재효문학상 응모작.

이 이야기는 내가 지은 것이라 할 수 없다. 내 안에서 나왔다고 할 수 없다. 이 이야기는 저 발로 나를 찾아왔다. 소설은 현실의 '재현(再現)'이라 한다. 현실을 그대로 옮기는 게 아니라는 뜻이다. 진짜 현실과 재현된 현실 사이는 작든 크든 '틈'이 존재할 것이다.

그런데 적어도 이 소설은 그 틈이 아주 작다고 할 수 있다. 심지어 소설의 시작은 진짜 현실 속의 내가 평생 처음, 고창을 찾은 경위 그대로다. 한 엄마가 산중의 땅을 딸에게 물려주려고 딸과 함께 고창에 온 이야기, 그대로다. 그뿐이 아니다. 내 어머니는 실제 단역배우이다. 소설 속에서 '김순효 씨'가 배우가 된 경위 또한 내 어머니의 현실과 크게 다르지 않다.

고창에서 나는 엄마와 여러 곳을 돌아다녔다. 1박으론 아쉬워 하루 더 머물렀다. 엄마와 함께 고창에 가서 들른 선운사, 운곡습지, 고창읍성…. 그 2박 3일의 여정이 소설

속에서 3박 4일이 되어 재현되었다. 소설이 책의 몸을 입고 세상에 나오면 책갈피를 넘길 때 엄마와 나는 어쩌면 추억의 앨범을 대하는 심정이 될지도 모르겠다.

그러나 소설은 소설— 모두 '실제'일 수는 없다. 나는 그래서 더 기쁘다. 더 벅차다. 소설은 '허구'라서 실제 현실 속에는 없거나 찾기 힘든 '의미'를 건져 올리기 때문이다. 현실과 가깝게 붙어 있다는 것이 소설에 각별한 의미가 될 이유는 없다.

소설,『단역배우 김순효 씨』가 현실 그대로인 것 같다는 사람들이 많았다. 어디까지가 현실이고 어디서부터가 소설인지 묻는 이들도 많았다. 그럴 때 나는 이리 대답하고 있다. 모쪼록 다만 소설로 읽어달라고… 소설을 읽는 동안 우리—쓰는 사람과 읽는 사람—가 서 있어야 하는 곳은 오로지 소설 속 현실이길 바란다고….

소설을 읽고 또 쓰는 사람으로, 나는 그래야 진정으로 소설을 누릴 수 있다고 믿기 때문이다. '소설을 누린다'는 말은 내게, '자유'와 연관된다. 이것이 소설이어서 나는 현실에서는 누구에게도, 어디에도 한 적 없는 현실의 이야기를 자유로이 풀어낼 수 있었다. 살면서 어떤 이유로든 하지 못하고, 할 수 없었던 이야기를 마음껏 떠들 수 있었다. 그러는 사이, 소설 속 인물보다 소설을 읽을 독자보다 내가 먼저 웃고 울었다. 그렇게 울고 웃는 동안 나는 이 소설을 쓰기 전과는 다른 사람이 되어갔다. 전보다 조금은 더 알고, 조금은 더 익고, 조금은 덜 좁고, 조금은 덜 인색한 사람이 되어 갔다. 부디 그랬길 바라고 믿는다.

'이야기'를 통해 이전과 조금은 다른 사람이 되기—

이것이 내가 소설을 쓰는 이유이고 내 소설을 읽는 사람이 얻었으면 하는 몫이다.

앞으로 소설을 읽고 쓰면서 살아갈 내게 고창신재효문학상은 대단히 큰 의미가 되었다. 우선, 장편소설을 완성했다는 점에서 그렇다. 본상의 수상자로 선정되었다는 소식을 받고 한 달쯤 지나, 중앙 일간지 신춘문예 단편소설 부문에 당선하는 영예도 얻었다. 소설집으로 묶을 일곱 편의 단편소설이 마련되었다.

단편소설과 장편소설은 쓰는 사람에겐 비단 '분량'의 차

이만 있는 게 아니다. 고창신재효문학상을 만나지 못했다면 나는 기약 없이 머리로만 소설을 쓰는 기간에 오래도록 머물러야 했는지 모른다. 아무리 흥미롭고 의미 있다고 한들, 쓰는 이의 머릿속에 품어져만 있는 이야기는 이야기가 될 수 없다. 펼칠 무대가 없다면 그 이야기는 오로지 그 이야기를 지닌 한 사람에게만 간직될 뿐이다. 간직되기만 하는 이야기는 이야기의 주체에게조차 아무런 영향을 미치지 못한다. 이야기는 이야기되어야 한다. 이야기되어 그 이야기를 들은 단 한 사람의 청자(聽者)에게라도 좋은 영향력을 미치는 것— 나는 그게 이야기에 주어진 소명이라고 생각한다.

이 이야기가 이야기될 수 있게 무대가 되어 준 고창신재효문학상에 머리 숙여 감사한다.

평소엔 그림자처럼 곁을 지키다가도 새끼가 세상으로 나아가겠다 하면 되돌아보지 않고 사라지는 어미 사슴처럼 나도 내게서 세상에 나간 이야기를 되돌아보지 않으려 한다. 앞으로의 여정은 사슴 새끼가 그러하듯 내게서 나간 이야기가 순전히 해내야 할 몫…. 다만, 세상으로 나아가는 이야기의 등에 대고 한 가지 실낱같은 소망을 바람결에 얹어 보낼 뿐이다.

이야기를 듣게 되는 누군가의 삶이 이야기에 조금이라
도, 정말 조금이라도 그 머리를 기댈 수 있기를…. 서로 고
여야만 고인돌이 되는 돌멩이처럼, 세상의 많은 삶과 이야
기들이 서로 기댈 수 있기를…. 모쪼록, 이 이야기와 당신
의 삶이 서로가 될 수 있기를….

이야기를 쓴 내가 그랬듯,
그럴 수 있다면,
정말 그럴 수 있다면 좋겠다.

2025년 3월
미국 뉴저지에서
이수정

단역배우 김순효 씨

초판 1쇄 인쇄 2025년 3월 5일
초판 1쇄 발행 2025년 3월 14일

지은이 이수정
펴낸이 김선식

부사장 김은영
콘텐츠사업2본부장 박현미
책임편집 조용우 **디자인** 이현진 **책임마케터** 권오권
콘텐츠사업6팀장 임경섭 **콘텐츠사업6팀** 정지혜, 곽수빈, 조용우, 이한민, 이현진
마케팅1팀 박태준, 권오권, 오서영, 문서희
미디어홍보본부장 정명찬 **브랜드홍보팀** 오수미, 서가을, 김은지, 이소영, 박장미, 박주현
채널홍보팀 김민정, 정세림, 고나연, 변승주, 홍수경
영상홍보팀 이수인, 염아라, 석찬미, 김혜원, 이지연
편집관리팀 조세현, 김호주, 백설희 **저작권팀** 성민경, 이슬, 윤제희
재무관리팀 하미선, 임혜정, 이슬기, 김주영, 오지수
인사총무팀 강미숙, 이정환, 김혜진, 황종원
제작관리팀 이소현, 김소영, 김진경, 이지우
물류관리팀 김형기, 김선진, 주정훈, 양문현, 채원석, 박재연, 이준희, 이민운

펴낸곳 다산북스 **출판등록** 2005년 12월 23일 제313-2005-00277호
주소 경기도 파주시 회동길 490
전화 02-704-1724 **팩스** 02-703-2219
이메일 dasanbooks@dasanbooks.com
홈페이지 www.dasan.group **블로그** blog.naver.com/dasan_books
용지 스마일몬스터 **인쇄 및 제본** 한영문화사 **코팅 및 후가공** 평창피앤지

ISBN 979-11-306-6499-6 (03810)

· 책값은 뒤표지에 있습니다.
· 파본은 구입하신 서점에서 교환해 드립니다.
· 이 책은 저작권법에 의하여 보호를 받는 저작물이므로 무단 전재와 복제를 금합니다.